OUVRE TON AILE
AU VENT

www.editionsphebus.fr

ISBN : 978-2-7529-1240-4

ÉLOI AUDOIN-ROUZEAU

OUVRE TON AILE AU VENT

ROMAN

Pour Jean-Claude Van Troyen,
en très cordial hommage,

E.

PHÉBUS

« Au diable les fâcheux, les imprécateurs, les pisse-froid et les Cassandre.

Nous, les canards de la Tour d'Argent, nous qui, de père en fils, avons gardé l'art et l'humeur de faire la fête – votre fête – nous réclamons la parole. »

Extrait du courrier envoyé aux amis de la Tour d'Argent, à l'occasion du Nouvel An 1978

Ce matin, dans les rues de Paris, et comme tous les ans, le même jour à la même heure, toutes les cloches se mirent à sonner sur un rythme effréné. Il y avait foule sur le quai de la Tournelle, entre la cathédrale et la Tour d'Argent : une assemblée compacte de journalistes, de politiques, de commerçants, de fonctionnaires, de retraités, d'étudiants. Certains avaient sorti leur plus beau costume et exhibaient leurs décorations. D'autres portaient des couleurs vives, des plumes rouges sur la tête, ou avaient le visage peint comme pour un carnaval. Malgré la diversité de cette multitude, chacun se mêlait aux autres dans une seule et même gaîté. Des fanfares enchaînaient des airs aussi variés que connus et, autour des caisses claires, des tambours et des trompettes, les Parisiens buvaient et dansaient, s'embrassaient et riaient, puisque, une fois l'an – une fois seulement – il leur était permis de le faire.

Je m'étais pour ma part toujours tenu à l'écart de

cette fête. Parce que je ne me reconnais dans aucune autre tradition festive hormis celles que j'invente pour déguiser la grisaille de ma propre vie. Parce que, aussi, je me fiche un peu des autres, tenant les foules en horreur. Le « vivre-ensemble » m'évoque un lieu étouffant et cloisonné dont il faut à tout prix se tenir à distance. Cela dit, je ne peux nier la curiosité que j'éprouve à observer les gens, à les scruter sans me mêler à eux. Et donc, ce matin-là, j'allumai la radio comme des millions de Français, afin de suivre l'évènement d'une oreille.

Le temps que soit sonné le départ annuel de la Grande Chasse, la voix du présentateur nous abreuvait d'informations hétéroclites. On apprenait ce que nous savions déjà depuis des lustres : l'âge de l'oiseau sacrifié (sept semaines), son poids (trois kilos) et l'heure de son lâcher (10 heures). Celui-ci aurait lieu au dernier étage de la Tour d'Argent, le plus vieux restaurant du monde.

C'était ce restaurant qui, bien avant que le gouvernement ne la revendique à son tour, avait imaginé la pratique du lâcher de canard. Autrefois coutume mondaine seulement connue d'un petit nombre, elle était devenue une cérémonie cathartique et jouissait d'une immense popularité. En quelques années, la Fête au Canard s'était érigée au rang de tradition suprême, supplantant les loisirs de masse, les évènements sportifs et autres parades militaires devenues trop coûteuses. On la célébrait chaque année en automne, la veille de la Toussaint, au jour précis où avait débuté la grande épidémie, vingt ans plus tôt.

Cette journée, dans notre société désormais si puritaine et peu encline à la débauche, était comparable au brutal desserrement d'une vis. L'unique occasion offerte à beaucoup de Parisiens de se relâcher un peu. Un moyen aussi de commémorer le passé, de réveiller la mémoire des disparus. Ou, pour d'autres, parmi lesquels les plus jeunes, une façon au contraire de s'en affranchir, d'oublier les morts et de célébrer la vie dans une effusion de bruit, d'alcool, de blasphème et d'obscénité, de liesse et d'euphorie. En place des grandes émeutes que le pays avait souvent connues, à Paris surtout, notre président à vie, à l'origine de l'essor de cette tradition, avait fait le pari, jusque-là réussi, d'une « jacquerie bien encadrée et bon enfant », selon ses termes, et qui « valait mieux qu'une insurrection ou un Grand Soir ».

Ainsi la Fête au Canard avait-elle pris les airs d'une immense kermesse populaire. En s'inspirant des journées orgiaques de l'Antiquité ou des anciennes ferias de Bayonne, on laissait au peuple le loisir de se débaucher pour un temps limité. Une fois la chasse terminée, le soir venu, les cloches de Paris éteignaient le feu qu'elles avaient allumé le matin même et chacun rentrait chez soi pour dîner. On sonnait au matin le tocsin du désordre et, le soir, le glas du retour au calme.

VINGT ANS DÉJÀ que l'on avait frôlé l'extinction, lors des *évènements*.

Souvent, lorsque l'on prononçait ce mot, les voix glissaient vers le grave et se voilaient d'une tristesse un peu convenue. Les *évènements*, telle était l'expression fuyante qui contenait tout et ne disait rien – rien de l'effroyable pandémie qui avait pris naissance en Irlande avant de s'abattre sur le monde. Dans la presse ou dans les livres, on l'écrivait en italique, pour ne pas avoir à détailler davantage.

Parmi les théories ayant tenté d'expliquer l'origine de la pandémie, celle qui désignait les élevages avicoles s'était imposée. Une espèce en particulier avait été élue coupable : le canard, car l'épidémie avait, semble-t-il, débuté au sein d'un grand élevage de canards de Barbarie, dans le comté de Cork, au sud de l'Irlande. Le virus s'était déployé à une vitesse folle, passant d'une espèce à l'autre et touchant bientôt presque tous les oiseaux. Canards, mais aussi poules, oies, pintades furent abattus par milliers pour contenir l'épidémie. Mais trop tard, ou en vain. Rien n'empêcha la mort de millions d'hommes et de femmes, ainsi que l'effondrement de nombreux pays.

Le canard devint alors un animal tabou, et ce de façon quasi universelle. Un totem maudit à travers le monde, dont par la suite on mima chaque année la mise à mort. L'objectif était toujours d'anéantir l'oiseau symboliquement responsable de tous nos malheurs. Ces fêtes avaient l'attrait d'un sacrifice cérémoniel, avec ses formes canoniques et ses variantes. À Washington, le président abattait devant la foule une dinde, dont la dépouille était livrée aux chiens de la Maison-Blanche. La France était le seul pays, avec la Chine, où l'on osait consommer la chair de l'animal sacrifié. À Pékin, le président et son épouse dégustaient le canard à la façon des empereurs : laqué et en trois services. À Paris, un oiseau de la même espèce était lâché, et celui ou celle qui parvenait à l'attraper et à le rapporter vivant à la Tour d'Argent avait le privilège de le partager sur place avec le président, une fois le volatile préparé par les maîtres-canardiers, selon une très ancienne recette de Rouen, qui veut que l'oiseau soit servi « dans son sang ».

Le soir du 31 octobre, il était de coutume de dîner en famille autour d'un poste de radio planté au centre de la table, qui diffusait tous les détails du cérémonial. Ceux qui vivaient seuls – dont je fais partie – passaient eux aussi leur soirée en compagnie de la radio, en présence virtuelle du président et du chasseur victorieux. Chaque année, à la fin du repas, le gagnant recevait des mains du président une enveloppe contenant un certificat avec le numéro du canard abattu, ainsi qu'une liasse de vingt millions de francs-neufs. Une somme qui permettait de vivre somptueusement au moins une année entière. Pour couronner le tout, selon un rituel immuable, le sommelier de la Tour d'Argent apportait au vainqueur une bouteille poussiéreuse. Prétendument l'un des flacons les plus précieux de la cave du célèbre restaurant, et que je soupçonne, moi, d'être une vraie piquette. Oui, pour ma part, j'ai cessé de croire à ce que les gens osent encore appeler la « générosité », encore l'un de ces mots disparus depuis longtemps. Le cœur ne nous sert plus qu'à vivre, du moins à faire circuler le sang. Tout le reste, croyez-moi, n'est que posture.

IL FAUT L'ADMETTRE, les *évènements* avaient marqué la fin de nos richesses, de nos libertés et du simple plaisir de vivre. La plupart des restaurants avaient été contraints de fermer leurs portes. Beaucoup ne les rouvrirent jamais, mais l'État choisit de sauver, en raison de son prestige, l'antique et mythique Tour d'Argent.

Il fallut en revanche réadapter tous les menus traditionnels du plus vieux restaurant du monde. Bien que l'enseigne demeurât celle des privilégiés, de nombreux produits, trop chers ou bien disparus, manquaient à la carte, tels les oiseaux d'élevage, désormais interdits. Les chefs ne pouvaient plus réaliser les recettes qui avaient fait la renommée de la maison, rendue célèbre par ses spécialités de volailles.

Au temps des rois, Henri IV s'y faisait cuisiner sur demande une poule au pot d'exception. Le cardinal de Richelieu traversait Paris pour aller y déguster une oie entière, que l'on préparait pour lui seul, avec des pruneaux. Plus tard encore, durant le règne bourgeois de l'époque républicaine, on y apprêtait des dindonneaux truffés, des poulardes en papillote, du poulet Marengo ou sauté « à la Valmy ». Des plats qui n'existent plus aujourd'hui et dont la musique des appellations chante encore, tel un brin de poème.

La conjoncture nouvelle obligea les chefs de la Tour d'Argent à faire assaut d'imagination. Les années d'après furent marquées par le retour en force de certaines espèces d'oiseaux protégées, autrefois interdites de chasse. Dans les campagnes, on se remit à manger du merle ou du héron. Les oiseaux nobles étaient souvent envoyés à Paris – et finissaient pour la plupart à la Tour d'Argent. Les premiers temps, le restaurant put donc déterrer d'anciennes recettes, comme les bécassines en cocotte, ou bien encore les ortolans « façon Salvador Dalí », pour le plus grand bonheur de ceux, très rares, qui avaient encore les moyens de se les offrir. En conséquence, la France fut le premier pays où disparut la quasi-totalité des oiseaux. En deux décennies à peine, soit qu'ils fussent devenus un objet de chasse, soit qu'ils se fussent éteints d'eux-mêmes, ils s'effacèrent du paysage. Les vieilles gens gardaient le souvenir des forêts et de ces chants qui, depuis près de vingt ans, s'étaient tus. Seuls demeuraient quelques oiseaux des villes, pigeons, corneilles, qui y trouvaient encore de quoi se nourrir, et dont on ne parvenait pas à se défaire. Ils régnaient en parasites détestés et partageaient leur territoire avec les chats dont on était, depuis, infesté. Si on maintenait ces derniers en vie, c'était surtout pour qu'ils chassent les pigeons : ils étaient des tueurs d'oiseaux bien plus efficaces que les chiens. Les chiens errants avaient été presque tous euthanasiés. Il en subsistait, paraît-il, quelques-uns dans le bois de Vincennes, redevenus sauvages et ne s'aventurant que très tard, dans la nuit, pour fouiller les poubelles des plus petites rues.

Dans les campagnes, il n'y avait plus aucun oiseau de basse-cour, sauf un : le canard de Vendée, un grand canard noir qui survivait encore par petits groupes épars dans les zones marécageuses à l'ouest de Challans, où il était autrefois élevé en plein air. Le climat favorable de la région permettait de garder un sol humide riche en vers et mollusques dont ces oiseaux se nourrissent depuis toujours. La viande du canard de Challans était naguère considérée comme l'une des plus nobles de France. Aussi, lorsque tous les oiseaux d'élevage furent abattus, l'État ferma les yeux et permit que fût épargné ce volatile de marque. On se contenta de fermer la maison Burgaud, qui jusque-là en prenait soin, et on abandonna ces canards à leur sort.

L'État veillait au grain. Les marais de Vendée demeuraient très surveillés, par un grand nombre d'anciens gendarmes reconvertis en gardes-chasse. Gare à celui qui osait y braconner. Une très longue peine de prison pour certains, une exécution sommaire pour d'autres, cela dépendait du moment ou de la rencontre. De même que sur l'île du Trident, ce sanctuaire immuable où Hélios laissait paître ses troupeaux, peu nombreux étaient ceux assez fous pour s'y risquer. Les canards des anciens temps étaient donc protégés – seul l'un d'entre eux était exceptionnellement chassé, une fois par an, à Paris, à la veille de la Toussaint.

L'oiseau d'aujourd'hui avait été choisi pour son jeune âge. Son poids, en revanche, n'avait pas été un critère de sélection pour les gardes-chasse qui l'avaient capturé. Avant son voyage pour Paris, il était encore maigre. Il avait été enfermé dans une boîte pleine de granulés et munie de trous par lesquels lui arrivait un peu de lumière. L'obscurité accroissant son anxiété, donc sa faim, le canard s'était gavé sans relâche et avait pris ainsi le bon kilo qui lui manquait.

Comme ses prédécesseurs, il avait été mené en train jusqu'à Paris. Comme eux, il serait lâché le matin depuis la Tour d'Argent, rive gauche, quai de Tournelle, en face de l'île Saint-Louis. Peu habitué aux êtres humains et engourdi par une semaine de gavage, le canard de Challans s'envolait en général assez maladroitement et finissait le plus souvent par se poser dans une rue où il était vite attrapé. La plupart du temps, il atterrissait dans un quartier proche, et la chasse se terminait à la mi-journée, sans mettre fin pour autant à la fête qui rassemblait les foules dans les rues de la capitale.

Tué le soir même par le maître-canardier, l'oiseau était préparé d'une manière unique, qui avait fait le renom de la maison : le « canard au sang », façon Frédéric Delair.

DE TOUS CEUX ET CELLES dont je vais vous parler dans ce livre, Frédéric Delair est le premier sur lequel je voudrais m'attarder.

On ne sait pas grand-chose de l'enfance ni de la jeunesse du prodige. Une chose est sûre, il trouva et força son destin de cuisinier dans le Paris hédoniste de son époque. Il avait déjà un certain âge quand il racheta la Tour d'Argent, en 1890. Lieu qu'il connaissait mieux que personne, puisque pendant des années il y avait exercé la tâche de premier maître d'hôtel. Devenu propriétaire, il trouva enfin la liberté qui lui manquait. Celle que recherche tout créateur. Car créateur, il l'était, à n'en pas douter, et de la même veine qu'un Auguste Escoffier, le maître de la gastronomie moderne, son contemporain. Frédéric Delair était lui aussi désireux de hausser sa cuisine à un rang supérieur et, s'il n'avait pas croisé sa destinée de cuisinier, il se serait peut-être essayé aux beaux-arts, tout comme Auguste Escoffier lui-même.

Pendant des années, au sommet de sa Tour, entre la salle et les fourneaux, le vieux Frédéric voua sa personne entière à son idée. Lors de ses plus hauts moments culinaires, au fil de ses plus belles créations, il affirmait avec force : « Il n'y a rien de plus sérieux que le plaisir », mots qui devinrent la devise de son restaurant. C'est lui encore qui réinventa le « canard au sang », ce plat qui allait le faire entrer dans la postérité, pour son goût unique, bien sûr, et pour la mise au point de l'extraordinaire cérémonial du service venu le sublimer.

Personne ne savait découper le canard de Challans avec autant de grâce que le vieux Frédéric Delair. Il réalisait ce rituel « à la volée », sans que jamais la carcasse ne touchât l'assiette : un tour de force qu'aucun autre ne parvint à reproduire après lui. Il y avait alors dans les gestes de ce petit homme à la mine sévère et aux favoris blancs quelque chose d'aussi jeune et d'aussi mystique que sa cuisine.

À la mort de Delair, ses disciples perpétuèrent la tradition et continuèrent de numéroter chaque canard sacrifié à la Tour d'Argent. De grands personnages du passé eurent l'honneur de goûter à ce plat légendaire. Leurs noms furent notés dans un registre et ils reçurent un certificat comportant le numéro du canard consommé. Parmi eux, des hommes d'État, des têtes couronnées, et nombre de célébrités du siècle dernier, dont l'établissement s'enorgueillit toujours.

C'est en 1949 que, pour la première fois, fut lancée

l'idée de procéder à un lâcher de canard dans le ciel de Paris : le deux cent millième de la Tour d'Argent, attrapé en moins d'une heure et, comme tous ceux qui par la suite lui succédèrent, mangé le soir même.

Je ne sais plus quel numéro portait le canard destiné à s'envoler aujourd'hui. À la radio, j'appris que le président venait de faire son entrée dans les salons de la Tour d'Argent, où l'attendait le grand monde. Près de la fenêtre, des journalistes encerclaient le premier maître-canardier, qui sortit l'oiseau de sa boîte et le présenta fièrement aux invités. Il tenait le canard entre ses mains gantées de blanc, comme elles le seraient ce soir, lorsqu'il le découperait. Devant les micros, il détailla les critères d'excellence de l'oiseau, à commencer par sa forte corpulence et son plumage sain, d'un noir profond, parsemé de quelques plumes blanches sur la gorge et le croupion.

Dans sa tenue pourpre, l'archevêque de Paris s'avança vers son ami le président et lui tendit une coupelle d'or. Celui-ci y plongea les doigts et aspergea le canard d'eau bénite. Jugeant la réaction de l'oiseau décevante, le président lui pinça le cou avec force. L'oiseau poussa les cris attendus, qui déclenchèrent les rires des invités. Tous se mirent à l'imiter en poussant des « coin-coin » cadencés, à l'exception du cardinal et du président, qui gardèrent leur sérieux.

Ces rires en rien spontanés éclatent sur commande afin de mettre un terme à une cérémonie trop solennelle.

Car en vérité, malgré l'apparente décontraction, la bénédiction du canard a son importance. Dans un monde où les superstitions sont nombreuses, elle sert à purifier l'oiseau. À le libérer de son « mal » – sans quoi il n'est pas possible de le manger. Une pratique étrange, je vous l'accorde. Mais dans notre société meurtrie, on s'est remis à *croire*, à tous les niveaux et sous toutes les formes. En commençant, logiquement, par la croyance la plus courante : celle qu'incarnait Son Éminence, dans son habit rouge, à la droite du président.

Pendant toute la cérémonie, le canard regardait la fenêtre grande ouverte. Il se sentait déjà mieux que dans cette boîte où il avait passé ces derniers jours. Il ne montrait plus de signes d'inquiétude car il pressentait sa libération prochaine. Il ignorait que cette escapade ne devait être que de courte durée. Il ne pouvait deviner qu'après avoir fait l'objet d'une chasse acharnée, il serait ramené vivant dans les cuisines. Qu'il y serait étouffé afin de lui garder tout son sang. Qu'une fois brièvement rôti, on lui retirerait son foie, que l'on broierait en bouillon. Qu'on passerait sa carcasse dans une presse d'argent. Que son sang collecté serait ensuite réduit avec du cognac et du madère afin d'obtenir une sauce brune, presque noire, dans laquelle finirait de cuire sa chair… Non, l'oiseau, bien entendu, ignorait tout de cela ! En somme, il était loin, très loin de savoir à quelle sauce il allait être mangé.

LIBÉRÉ, L'OISEAU S'ÉLANÇA dans le ciel de Paris. Il se sentit d'abord très surpris par son propre poids, qui lui fit perdre un instant le contrôle de sa trajectoire. Il redoubla d'efforts, parvint à se stabiliser, puis à maintenir son vol au-dessus de la Seine. Il entama une série de cercles. Bien sûr, ceci n'était pas les marais qu'il avait jusqu'alors connus. Mais son très jeune âge le rendait plus enclin qu'un autre à goûter la nouveauté. Bien que désorienté à la vue de cet océan de pierre, il ne se sentait pourtant pas menacé. Comment eût-il pu se douter que ce décor n'était qu'un vaste piège ? Il fit un autre tour de repérage et piqua vers l'aval. Il ne s'affola pas, non, certain de rejoindre bientôt le bord de l'eau et les siens, qu'il imaginait proches. Il se sentait même rassuré à la vue de cette eau étrangement paisible.

Il frôla à deux reprises la très haute statue du pont de la Tournelle, celle de sainte Geneviève, patronne de la ville, pauvre gardienne de tout ce monde, qui tient contre elle une fillette censée représenter Paris. Cette statue austère, autrefois ignorée, boudée même par son auteur, avait acquis une grande puissance évocatrice. Geneviève était devenue la Mort elle-même, et la fillette, une orpheline. Tous les ans à la même période, les Parisiens venaient la fleurir ou la toucher pour implorer sa protection.

D'une rive à l'autre, l'oiseau remarqua sous lui des individus qui agitaient les bras ou le montraient du doigt. Au bout de quelques tours, il identifia une machine volante, sorte de très gros insecte rouge muni d'un œil unique, et qui semblait le poursuivre.

Il s'agissait du drone de la radio nationale, un vieux modèle, de ceux que l'on fabriquait dans le temps et qui, malgré son âge, demeurait efficace. Le moindre mouvement du canard était retransmis en direct sur les ondes, où le même journaliste commentait la trajectoire de l'oiseau. Ainsi, tous les Français qui ne participaient pas à la fête avaient au moins le plaisir d'imaginer la splendeur de son vol. Animal maudit, certes, mais on ne pouvait nier que sa rareté le rendait admirable. Et pour ceux qui étaient rassemblés le long du fleuve, il était merveilleux de le voir voltiger entre les ponts et les maisons de l'île Saint-Louis.

– Pensez-vous qu'il va bientôt se poser ? demanda le présentateur.

– Oui, lui répondit son invité (un célèbre essayiste), il va certainement imiter les autres. Jamais un canard n'est allé plus loin que le pont de la Tournelle, ou le pont de Sully, dans l'autre sens. Reste à savoir s'il se posera dans la rue ou sur la Seine, comme ce fut le cas il y a deux ans. On se souvient tous de cette femme qui était allée le chercher à la nage et qui, dans sa hâte de regagner la rive, a malencontreusement noyé l'oiseau. N'ayant pas respecté la règle première, celle de ramener le canard vivant, elle fut privée de la victoire. Le prix fut offert à l'Église pour ses bonnes œuvres et le cardinal eut le privilège de dîner ce soir-là en tête à tête avec le président…

– Pardon, je vous coupe ! Il y a du nouveau : regardez, il se dirige vers l'île de la Cité.

– Oui, et c'est une première ! Jamais un canard n'est allé aussi loin à l'ouest. Il vient à l'instant de franchir l'emplacement de 1949, celui où s'est posé le tout premier canard à avoir été lâché !

– Tout à fait. C'était il y a plus d'un siècle. Pourriez-vous rafraîchir la mémoire de nos auditeurs ?

– Bien entendu… Il s'agissait de la véritable naissance de cette tradition. L'homme qui captura l'animal ce matin-là était un journaliste. Il assistait à l'évènement depuis l'île Saint-Louis. Voyant que l'oiseau s'était posé sur l'eau, il fut le premier à sauter dans une petite barque pour aller chercher le canard et le capturer, sans que celui-ci oppose la moindre résistance.

Je connaissais l'histoire que l'essayiste venait d'évoquer. L'homme en question était un jeune correspondant de guerre, François-Jean Armorin. Surpris de la facilité avec laquelle le canard s'était laissé prendre, il estima qu'il avait eu de la chance – ce qui n'était pas faux. Ce qu'il ignorait était la vieille farce que la chance et la malchance lui préparaient. Il se trouve que je sais, pour l'avoir longtemps observé, que Chance et Malchance travaillent depuis toujours main dans la main. L'une suit l'autre de près. Elles sont *partners in crime.* Deux inséparables complices. Le rôle de la première est de nous amadouer, de nous rendre confiants et dociles. De la sorte, elle prépare le terrain pour sa compagne, qui nous attend au coin d'une rue pour nous détrousser ou, pire, nous assassiner.

Après avoir rencontré la Chance, après s'être laissé séduire par elle, le jeune Armorin a été conduit à la Malchance, et visiblement dans l'un de ses plus mauvais jours. Son « canard au sang » fit office de dernier festin du condamné. Un an plus tard, presque jour pour jour après son dîner à la Tour d'Argent, François-Jean périt en mer lors d'un mystérieux accident d'avion. L'appareil s'abîma dans le golfe Persique. Aucun débris ne fut retrouvé. Armorin venait d'avoir vingt-sept ans.

LE FILET TECHNOLOGIQUE déployé ce jour-là pour piéger le canard était, bien qu'assez sommaire, supérieur à celui de 1949. À l'époque, déjà, la Tour d'Argent avait installé des instruments de repérage et d'immenses projecteurs de marine. Aujourd'hui, les moyens étaient moins visibles mais plus efficaces. Le vieux drone ne perdait jamais la trace de l'oiseau, dont les chances étaient encore plus maigres que par le passé.

Pourtant elles existaient, ces chances, ce qui créait tout le suspense et l'agitation nécessaires. Comme dans les corridas d'autrefois, il fallait pouvoir imaginer la victoire du taureau. Dans l'histoire de la Grande Chasse, cela ne s'était jamais produit. Tous les prédécesseurs de notre oiseau avaient fini étouffés et broyés le soir même, pour terminer dans le ventre du président. Pour notre canard, l'unique possibilité de s'en sortir serait de suivre le cours de la Seine, de continuer son vol vers l'ouest, d'atteindre la Manche puis le cap Lizard, de survoler brièvement les Cornouailles et d'atteindre la mer Celtique, porte de l'Irlande.

En effet, cette île dépeuplée était le seul endroit où il avait une chance de survivre et de vieillir en paix. L'Irlande était devenue l'un des rares territoires où la vie sauvage était préservée. Depuis que l'île s'était presque vidée de ses habitants, en vingt années seulement les animaux avaient repris leurs droits. Les eaux étaient redevenues poissonneuses. Les forêts s'étaient invitées dans les villes, avec leurs biches, leurs sangliers, leurs renards. Les cités portuaires s'étaient mises à abriter des colonies entières d'oiseaux de mer ou de migrateurs en tout genre.

Lors des *évènements*, le virus s'était déployé à très grande vitesse dans le pays. Un mouvement de panique s'était alors déclenché et avait provoqué l'exode massif de la population vers l'Écosse ou l'Angleterre. Dans l'imaginaire collectif, ces migrations avaient favorisé la propagation du virus en Europe, alors qu'en réalité il circulait déjà sur le continent, en hôte clandestin. En réponse, l'Union européenne – qui devait s'effondrer quelques mois plus tard – avait fermé ses frontières.

L'Angleterre avait fait de même, abandonnant l'Ulster à son sort et déployant les plus gros bâtiments de la Navy en mer d'Irlande, avec l'ordre de couler les embarcations de civils. Seule la République d'Écosse (indépendante depuis peu) s'était montrée plus clémente envers son voisin celtique. Le pays accepta, dans un premier temps, d'accueillir les bateaux irlandais à son extrême ouest, sur l'archipel des Hébrides. Mais la situation dégénéra rapidement, car l'afflux de migrants irlandais dépassait l'entendement. La jeune république finit par fermer ses frontières à son tour. À terme, les terres de l'archipel, au climat hostile et aux sols très peu fertiles, furent cédées aux migrants en échange d'un strict respect des frontières. Les îles Hébrides devinrent ainsi la « Nouvelle-Irlande ». Il paraît que l'on trouve à l'autre bout du globe une île du même nom, sa sœur jumelle. En Papouasie, je crois. Trop loin pour notre histoire.

Dans le malheur, il n'y a pas de compétition. Mais il n'est pas déraisonnable d'avancer qu'aucun pays ne connut de sort plus dur que l'Irlande. Les habitants qui n'eurent pas les moyens de rejoindre les Hébrides disparurent en quasi-totalité. Les tout derniers Irlandais finirent, semble-t-il, par s'entretuer, comme en témoignent certains récits qui décrivent des scènes de cannibalisme. Mais ce sont là des rumeurs qu'on ne devrait ni dire ni écrire, au risque de les colporter. Des heures sombres qu'on devrait oublier, rayer de nos mémoires, comme les *évènements* eux-mêmes.

L'ancienne Irlande était devenue un lieu maudit. Une sorte d'enfer sur terre, du moins pour les hommes. La peur la plus courante, et d'ailleurs la plus rationnelle, était celle de contracter à nouveau le virus, qui risquait d'y subsister à l'état latent parmi les oiseaux, les milliers d'oiseaux que les rares amateurs venaient observer à la jumelle, après s'être approchés en bateau, aux jours de grand soleil, depuis les côtes écossaises. Bien entendu, aucun oiseau ne se posait sur l'archipel des hommes, et aucun homme n'osait en retour s'approcher de l'île des oiseaux. Il arrivait à quelques pêcheurs intrépides d'arpenter les rochers alentour de l'ancienne Irlande, afin d'y prélever des huîtres ou des ormeaux. Une pêche dangereuse, souvent miraculeuse – la vente d'une livre de ces précieux coquillages permettant de nourrir une famille entière pendant un mois. En Nouvelle-Irlande, en Écosse ou en Angleterre, on avait pour habitude de les consommer frits, avec de la bière.

Peu après les *évènements*, seule une poignée d'artistes anglais, guidés par un petit groupe de réfugiés, eut le courage d'accoster à l'île Morte. Ils firent la traversée lors d'un voyage qui resta dans toutes les mémoires. Partis de Liverpool pour rejoindre Belfast, ils longèrent l'ancienne province d'Ulster jusqu'aux côtes d'Antrim, empruntant la route ancestrale des pêcheurs de saumon. Par crainte de s'enfoncer dans les terres et de ne jamais revenir, ils ne s'aventurèrent pas plus loin que le littoral. Leur regret fut de ne pas avoir eu le temps d'atteindre la légendaire Chaussée des Géants – sanctuaire, paraît-il, de quantité d'oiseaux – comme ils l'avaient initialement espéré. Mais leur déception fut limitée. Ils revinrent à

Liverpool sains et saufs, avant la nuit, et avec des dessins et des aquarelles envoûtantes de la petite ville de Ballycastle, ensuite rassemblés dans un livre, *L'île Morte*, que je pus acheter dès sa sortie.

Je le feuillette en ce moment même. Je ne sais pourquoi ces images me fascinent à ce point. Peut-être est-ce dû à l'anachronisme des illustrations, car cette terre ressemble à l'idée que je me fais du premier matin du monde. L'inquiétante beauté de ce Ballycastle abandonné, cette profusion d'oiseaux en liberté m'émerveillent. Le très habile aquarelliste a restitué ce spectacle avec la plus grande précision. Les cinquante-deux œuvres conservées révèlent des centaines d'oiseaux, perchés sur les vieilles enseignes, déambulant entre les tables et les bancs vides, recouvrant promenade et jetée. De petites mouettes rieuses au bec rouge, des goélands argentés. Des oies sauvages à tête noire. Ou encore des étourneaux, des grives, des tourne-pierres à collier. Et dans les dernières pages, représentant le bord de mer, des cormorans aux reflets vert bronze, volant très bas, juste au-dessus des vagues, et puis de minuscules bécasseaux sautillant dans l'écume. La dernière image du livre reste pour moi la plus belle : un immense fou de Bassan que l'on voit plonger droit dans l'eau noire à la recherche d'une proie.

Je regarde la couverture, à présent. *L'île Morte : aquarelles et dessins de l'ancienne Irlande*. En annexe, les notes zoologiques donnent de précieuses indications. Je crois y avoir lu qu'un colvert, surtout s'il est pourchassé, peut atteindre une vitesse en vol de soixante kilomètres à l'heure. Je pense à notre canard du jour : il est jeune, il ne manque pas de calories en réserve. Je ne peux m'empêcher de l'imaginer filer d'instinct vers la Manche, à l'appel d'une escadrille de migrateurs…

DEPUIS QUELQUES MINUTES, il ne se passe plus rien sur les ondes. Mes pensées vont se perdre ailleurs. Puis on nous apprend que le canard est allé se percher à la cime de l'un des peupliers qui longent la Seine, au-delà du pont de la Tournelle. Un arbre trop haut et trop fin pour qu'on y grimpe. Il ne reste plus qu'à attendre que l'oiseau change de place. Le drone tourne autour de lui mais le distingue mal, entre les branches qui n'ont pas encore perdu toutes leurs feuilles. Il transmet tout de même les images au présentateur qui, lui, cherche ses mots. Rien ne se passe. Le canard semble prendre ses repères. Une petite foule se tient immobile au pied de l'arbre. Plutôt calme, elle attend de voir ce que va faire l'oiseau. C'est le répit qu'on lui accorde avant que la chasse ne débute vraiment.

Je coupe la radio. En définitive, je me dis que ce canard sera comme tous les autres. Que cette journée restera sans surprise. Je range *L'île Morte* dans ma bibliothèque et décide d'aller déjeuner dans un petit bistrot où j'ai mes habitudes.

Au moment de sortir, je croise Madame Gracia, la concierge, qui balaye le devant de l'immeuble. C'est l'une des rares personnes que je connaisse bien, et depuis longtemps. Notre lien remonte aux *évènements*. Au début, lorsque la situation était dramatique et qu'il était interdit de sortir de chez soi sous peine d'être sévèrement battu, elle montait jusqu'à ma porte, au dernier étage, pour m'apporter les rations alimentaires distribuées à l'entrée de chaque immeuble. Elle ajoutait toujours pour moi l'une de ses propres conserves de sardines. Je ne sais pas pourquoi elle m'avait pris en affection. Parce que j'étais jeune, ou peut-être lui rappelais-je un fils ou un neveu récemment disparu. Mais je ne suis pas sûr qu'elle avait une famille. Je l'avais toujours vue seule, tel qu'elle m'avait connu elle aussi. Voilà sans doute ce qui nous rapprochait.

Elle n'entrait pas chez moi. Nous restions sur le palier et échangions quelques mots creux. C'était notre salut à tous les deux. Notre semblant de vie. Parler pour ne rien dire nous reposait, Madame Gracia et moi.

Aujourd'hui, elle a tout juste le temps de me lancer un « Il n'y a plus de saisons ». Elle adore ces phrases toutes faites. Ces lieux communs. Elle a raison, cela dit : le temps est gris, ce qui est normal en octobre. Mais il ne fait pas froid, bien au contraire. Il fait aussi lourd qu'en été. L'air est moite et le ciel électrique. Madame Gracia ajoute qu'elle a mal aux cervicales. D'après elle, c'est l'annonce d'un orage.

Si je m'attardais, elle me dirait sans doute qu'elle en a assez de Paris, qu'elle aimerait partir. Je l'entends répéter cela depuis des années et, pourtant, elle ne quitte jamais la ville, sauf pour aller cueillir des mûres à Fontainebleau, une fois par an – l'année dernière, elle m'a donné un pot de confiture. Avouons-le : je suis pire qu'elle. Je ne suis jamais sorti de Paris depuis les *évènements*. J'occupe toujours la même petite chambre, celle que j'habitais en ces temps qui étaient ceux de mes études et de ma jeunesse.

Madame Gracia voit que je ne l'écoute pas. Elle me souhaite une bonne journée, selon l'usage, et me revoilà seul.

Il est encore trop tôt pour aller déjeuner. Je sifflote, le cœur léger, oubliant déjà ce que je viens d'entendre. Je descends la rue de la Gaîté jusqu'à la petite place et continue vers Montparnasse. Les rues sont presque vides. Il ne manquerait plus qu'un rayon de soleil pour que l'espoir d'une bonne journée soit tenu.

TIENS, ET SI C'ÉTAIT ELLE, JUSTEMENT, mon premier bonheur du jour ? Je l'ai déjà vue dans le quartier. Mais aujourd'hui, c'est la première fois que j'ai l'occasion de la regarder aussi longtemps. Elle cherche quelque chose dans son sac. Elle est très belle. Elle porte un long manteau noir, un pardessus à larges épaulettes. Un manteau pour homme. Le baume carmin sur ses lèvres, les bagues à ses doigts et d'autres touches originales viennent relever encore sa beauté. « Tout le charme des habitantes de cette ville, c'est la poésie discrète des détails », me dis-je. Elle s'approche. Nos regards se croisent, puis se défont.

Juste un regard. J'ai pour règle de ne jamais chercher à séduire une femme que je rencontre dans la rue. Et encore moins le ventre vide. Je m'en tiens à cette règle, si stupide soit-elle, et je reprends mon chemin. « Va, tu en croiseras d'autres. Peut-être pas d'aussi belles et surprenantes. Mais tu en croiseras d'autres. »

Il faut que je me présente puisque je suis un personnage de cette histoire. On peut même dire que j'en suis le témoin principal, le chroniqueur. Pour faire plus ample connaissance, il faut d'abord que vous sachiez que mon bonheur se limite aux femmes. L'idée même de leur existence me permet de supporter la mienne au quotidien, et tous mes souvenirs heureux leur sont dus. Il s'agit par conséquent d'un bonheur fragile et de courte durée. Mais tout type de bonheur est précaire, dans l'époque fangeuse qui est la nôtre.

J'aperçois mon reflet dans la glace d'une pharmacie. Je prends quelques instants pour me scruter. C'est l'un de mes bons jours. Je le dis sans rougir : je n'ai pas un amour démesuré pour la personne que je suis devenu, mais je sais apprécier son reflet. Je présente encore bien, et même mieux depuis que j'ai quarante ans. Mes cheveux ont blanchi au niveau des tempes, ce qui me donne l'air respectable. Mes yeux se sont creusés, ce qui ajoute de la profondeur à mon regard. Je ne me plains pas de ces premières marques de l'âge. Grâce à elles, les femmes se méfient peu de moi.

Ce n'est pas que j'aime leur faire de la peine. Le problème ne vient jamais d'elles, mais de moi. Je me lasse toujours vite. Il existe certainement beaucoup d'hommes comme moi, même si cela n'excuse rien. Je ne suis pas original, bien que je m'en donne l'air. En fait, je suis à l'image des hommes de mon temps, sans loyauté, sans honneur.

C'est à mon corps et à ses plaisirs que je me dévoue. Ce dont j'ai besoin au quotidien, je le résume à la boisson, à la bonne chère et aux femmes. Ainsi, je me contente de peu. Le reste, notamment ce qui se rattache à l'esprit, je ne m'en préoccupe guère. Il y a longtemps que je ne lis plus par plaisir. Pourtant, j'étais étudiant en lettres au moment des *évènements*, et j'aimais lire.

Si je n'ai pas de diplôme, j'ai tout de même un petit boulot : lecteur pour une maison d'édition. Il ne s'agit pas de littérature. Mon employeur – et ce n'est pas sa faute – ne peut se permettre d'éditer que quelques livres par an, les seuls qui se vendent encore étant principalement des ouvrages de « développement personnel ». La semaine dernière, j'ai reçu deux manuscrits, que je n'ai pas encore ouverts : *Comment devenir heureux en trente jours*, suivi de *Comment mettre une femme dans sa poche*. Cela le confirme : je suis un homme de mon temps.

Mais à vous, je peux le dire : pour être heureux, depuis les *évènements*, il suffit de s'accoutumer à vivre chaque jour comme si la Mort nous attendait au détour du suivant. J'ai bien conscience que cette attitude est d'une pauvreté désarmante, et vieille comme le monde. Mais le précepte des Anciens, « *Carpe diem, carpe horam* », a retrouvé un sens véritable à notre époque. Aujourd'hui plus que jamais, les philosophies antiques portent en elles une justesse redoutable, tout comme les lieux communs de Madame Gracia. Elle n'a pas tort quand elle me répète jour après jour qu'« il n'y a plus de saisons ».

Cela fait des années maintenant que je me suis installé dans cette plénitude étriquée. Mon travail me permet de manger à ma faim. Il me prend peu de temps. Je ne m'y consacre que deux ou trois heures par jour, avant ce que j'aime le plus : sortir dans mon quartier et flâner, ce que je suis d'ailleurs en train de faire.

Le bistrot que je fréquente d'ordinaire est fermé. Je pousse les portes d'un café sur le boulevard. Je commande une chicorée et je m'attable. Pour le déjeuner, le patron me propose son bourguignon. Derrière lui, le serveur me fait « non » de la tête. Compris, je n'en demande pas davantage. Je ne veux pas chercher à savoir par quoi le bœuf a été remplacé. Mon choix se porte sur la soupe à l'oignon, une valeur sûre. Et mes yeux font un tour de la salle. Elle est presque vide. Quelques ivrognes au bar, l'oreille tendue vers le poste de radio. L'un d'eux se lève et vient s'asseoir juste à côté de moi. Je détourne le regard, mais en vain. Il commence à me parler de la Grande Chasse. Il déplace ainsi la conversation du comptoir à ma table, sans vraiment me laisser le choix. Je tiens en horreur ce genre de propos creux. La situation empire, car il me pose des questions, à présent. Il veut savoir ce que je pense de tout cela. Il n'y a qu'avec Madame Gracia que je tolère de telles inepties. Cette fois, je le fixe bien dans les yeux et lui lance un regard dont j'ai le secret, avec ce sourire très froid qui me sort de nombre de situations embarrassantes. Malheureusement, l'homme est déjà bien attaqué par la boisson et ne semble pas saisir le message. Son haleine me dérange et, sans s'en rendre compte, il me crache dessus. Je jette un œil à ses mains. Ses doigts sont potelés et ses ongles jaunis par le tabac. Et c'est à ce moment que le serveur pose ma commande sur la table. L'assiette poisseuse dégage une odeur de brûlé. De toute façon, je n'ai plus faim.

Je me décale sur la banquette, afin de m'éloigner des bruits de bouche de mon voisin. C'était ma soupe qu'il voulait… j'ai mis du temps à le comprendre. Je la lui aurais donnée plus tôt, s'il me l'avait demandé. Là encore, n'ayez pas la faiblesse d'y voir l'expression d'une quelconque générosité. Je n'ai fait cela que pour me débarrasser de lui. À défaut d'autre chose, il me reste ma chicorée.

Je prête de nouveau l'oreille à la voix du présentateur radio, que j'ai quittée un peu plus tôt. Elle est devenue stridente. La chasse a repris. Le canard vient enfin d'abandonner sa branche. Il s'est envolé et semble se diriger vers Notre-Dame.

C'EST UN JEUNE TAILLEUR DE PIERRE, au travail sur le toit de la cathédrale, qui l'aperçut le premier. « Vers vous ! Vers vous ! Il vient vers vous ! » cria-t-il à son chef d'équipe, du haut de l'échafaudage. À l'autre bout du chantier, à la vue de l'oiseau qui volait en cercles autour de lui, le chef sortit un morceau de pain de son sac et l'émietta.

Le canard se posa sur l'un des arcs-boutants, ce qui permit au chef de le voir distinctement. L'homme s'accroupit, afin de se faire le plus petit possible, mais l'oiseau ne bougea pas. « Alors, saleté, tu fais la fine bouche ? » dit l'artisan entre ses dents. C'était vrai. L'oiseau était habitué aux blés sauvages et aux coquillages des marais. Le noble canard de Challans, exigeant lorsqu'il s'agit de se nourrir, ne se montrait pas intéressé par le pain sec. Il reprit son envol et, sentant ses ailes peiner sous le poids de son ventre, alla se jucher sur l'une des chimères de la tour sud.

De son perchoir, il aperçut pour la première fois la foule, masse dense et mobile qui venait tout juste de se former. Une partie s'était munie de filets. D'autres avaient sorti leurs chiens et se pressaient un transistor contre l'oreille, comme ces téléphones d'autrefois. À la vue du canard, des milliers de cris s'élevèrent. Un incroyable souffle d'orgue monta jusqu'aux clochers.

Le canard était célébré. La grande fête païenne commençait. Vénéré dans la haine, il était tout l'inverse d'un veau d'or. Mais il scintillait légèrement, tout de même, depuis ces premières secondes de soleil. « Il est presque d'argent, dit l'essayiste. – Oui, répondit le commentateur. Comme le plat d'un couteau. »

L'oiseau reçut le soleil, se donna un temps de réflexion. Mais où va la pensée d'un canard… nul ne le sait. Apparemment, il ne se souciait pas encore du principal danger, qui se trouvait là, juste sous lui. Il paraissait davantage intimidé par cette longue étendue de toits, de pierres, de verre et de métal déployée tout autour de lui. Ne sachant où aller, il se fia au dessin des rues. Reprenant son vol, il passa le parvis de la cathédrale et longea la rue de la Cité, vers la place Lépine.

Sans ce changement de trajectoire sur la droite, il serait passé au-dessus des toits de la préfecture de police, où l'attendait une trentaine d'agents, la plupart en civil et munis de fusils à filets. Lors de son allocution au journal de la veille, le préfet, qui s'était affiché aussi souriant que le président, avait donné l'autorisation aux fonctionnaires en civil de participer à la chasse. Aux autres, ceux qui portaient l'uniforme, ordre avait été intimé de se tenir en retrait. En somme : laisser la foule faire ce que bon lui semblait, jusqu'au soir.

Le canard atterrit place Lépine, sur le toit de l'un des nombreux kiosques du marché aux fleurs. Tous les rideaux étaient baissés. La plupart des fleuristes étaient rentrés chez eux pour profiter de leur congé. Un seul kiosque restait ouvert : celui de Vadim, du bon gros Vadim, qui n'était pas du genre à cocher les jours sur son calendrier. Ainsi la Chance se manifestait-elle pour la première fois sur le chemin de notre oiseau. Et nous savons que lorsqu'elle se montre, cela ne présage rien de bon.

LA SILHOUETTE DE VADIM SEMBLAIT TASSÉE. Ses membres étaient lourds et les plis de son menton ne se comptaient plus. Assis sur son fauteuil d'osier entre des bouquets d'azalées et de tulipes, la tête penchée en arrière, de loin, on aurait pu croire qu'il dormait. Mais non ! Ses paupières étaient lourdes, elles aussi, et masquaient son regard. L'essentiel de ses journées, il le passait à ne rien faire, à ne rien vendre. Et il se levait peu de ce fauteuil qui, avec le temps, avait épousé la forme de son corps.

Vadim n'avait pas une affection prononcée pour les fleurs. Sans qu'il eût quoi que ce soit contre elles, elles lui importaient peu. Surtout celles qu'il vendait, la plupart originaires de serres hors-sol et par conséquent de pauvre constitution. Ce que Vadim aimait par-dessus tout, c'était les oiseaux. Il y a longtemps de cela, il en vendait des espèces exotiques, avant que leur commerce ne soit interdit. Ce goût, il l'avait cultivé dans sa jeunesse.

Il avait longtemps erré entre les halles de ce marché, à l'époque lointaine où y prospéraient aussi les oiseliers. Ici même, il rencontrait beaucoup d'autres amateurs qui, entre eux, s'appelaient les « volants ». Ils se réunissaient souvent, pareils aux membres d'un club très privé. Vadim était le plus jeune. Chaque jour, il se rendait sur la place Lépine et retrouvait les autres « volants » pour entendre les dernières nouvelles des pontes, des changements de teinte et des humeurs de leurs mandarins ou canaris verts. Le jeune homme aimait tant se rendre à ce marché qu'il avait un jour décidé d'y prendre racine. Il était devenu oiselier à son tour et, pendant quelques années, avait pu vivre de sa passion.

Contraint de se convertir aux fleurs après les *évènements*, son commerce était loin de prospérer et ses tulipes finissaient trop souvent par pourrir dans leurs bacs. Mais bien que Vadim ne fît aucun effort pour attirer la clientèle, il avait conquis l'affection de ses collègues, qui voyaient en lui un homme affable, hors du temps. Toujours impassible et rassurant; les autres vendeurs s'étaient attachés à lui, comme on s'attache sans raison à tel arbre plutôt qu'à tel autre.

« Ce bon Vadim, répétaient-ils, gros de corps et grand de cœur, toujours occupé à ne rien faire d'autre que faillite. »

Sans même le savoir, Vadim jouissait d'une haute réputation place Lépine, et lorsque les huissiers débarquaient, au premier du mois, pour l'expulser, les fleuristes s'interposaient, payant ses dettes à son insu, sans que jamais Vadim ne soit inquiété. Quelque chose de rare perdurait sur cette petite place au cœur de Paris. Quelque chose qui s'apparentait à un vieux sentiment de tolérance et de panache. Et c'est à cet endroit que notre canard trouva refuge.

Quand Vadim l'aperçut à ses pieds, il en eut le souffle coupé. L'oiseau n'avait pas remarqué sa présence, ou il s'imaginait, comme tant d'autres, que Vadim dormait. Notre homme fut pris de vertige. La vue de l'oiseau lui causait un choc, faisant remonter en lui une émotion enfouie. Il revoyait soudain les canards des Buttes-Chaumont. Sa petite sœur devant lui, les cheveux dépassant de son bonnet, en train de jeter dans l'eau des morceaux de pain blanc. Vadim avait toujours peur qu'elle ne glisse et se noie.

Les lourdes paupières du fleuriste se mirent à trembler. Il ne repensait jamais à sa sœur et voilà qu'elle lui réapparaissait, sous sa forme la plus vivante : l'enfant qu'elle était et qu'il avait tant aimée. L'épidémie l'avait emportée lors de sa seconde vague, la plus meurtrière, celle du début du printemps de cette année-là. Ses amis fleuristes ne savaient rien de ce drame, et comment l'auraient-ils appris, de lui qui ne parlait jamais ? Il lui avait fallu des années pour sortir du deuil. Vadim n'avait pas toujours été cette statue que rien ne semblait atteindre. Ce géant égaré sur qui tout semblait glisser. Si telle était son apparence, c'est qu'il ne se donnait plus le loisir de penser, et moins encore de se souvenir.

La douleur s'empara de lui, depuis le ventre jusqu'à la gorge. Mais Vadim choisit de retenir ses larmes : ce souvenir, somme toute, était heureux. Et puis il y avait cet oiseau arrivé du ciel, comme un miracle. Et Vadim, qui n'était pas croyant, fut convaincu, pendant quelques secondes, qu'il lui était envoyé par sa sœur.

Mais très vite, la beauté fragile de l'instant fut brisée par un vacarme assourdissant. La foule venait de s'engouffrer sur la place Lépine. À l'avant, en première ligne, des hommes aux yeux révulsés jouaient des coudes pour arriver jusqu'au canard. Certains n'hésitaient pas à frapper leurs voisins. Des chiens de toutes tailles, de toutes races se faufilaient entre leurs jambes. L'un d'eux, étranglé par sa propre laisse, s'étouffait et bavait. Un gigantesque dogue au bout d'une longue chaîne semblait mener l'assaut.

Sans chercher à comprendre, Vadim se leva de son fauteuil et se dressa face à la foule. À la vue du géant, les chiens hésitèrent un instant à suivre leur chef de meute. Dans la confusion générale, la foule ralentit. Sans réfléchir, Vadim se mit à taper du pied avec force, pour faire peur au canard et l'inciter à repartir. Mais malgré la proximité du danger, ce dernier s'obstinait à observer la scène d'un œil curieux. Alors Vadim saisit un pot d'azalées et le jeta en direction de l'oiseau qui, brusquement, s'envola. Des cris s'élevèrent. Un premier spasme parcourut une partie de la foule, soudain électrisée. Les mâchoires se crispèrent, sans que l'on montre les dents. Contrairement aux chiens et leurs gueules ouvertes, on nous a appris à contrôler nos instincts. Nous enrageons le plus souvent la bouche fermée, ce qui me semble plus dangereux encore. Rien n'est plus imprévisible que la violence quand elle est sourde ou muette. Car alors, elle n'a plus d'autre choix que de se traduire en actes.

Les hommes de la première ligne atteignirent Vadim, le plaquèrent au sol à l'endroit même où se trouvait l'oiseau, le rouèrent de coups, puis l'abandonnèrent presque sans vie sur un amas de fleurs écrasées. Quelques rires se firent entendre. Des rires capables du pire. La Chasse reprenait.

Le canard avait regagné de l'altitude et partait en ligne droite. Il ne quitta toutefois pas les rives de la Cité, obliquant en direction des tours de la Conciergerie. La radio détailla, pour l'approuver, la scène du passage à tabac du fleuriste, avant d'annoncer que l'oiseau était parvenu à l'extrémité de l'île, puis au Pont-Neuf, et que, ayant fait demi-tour, il volait à présent en direction du quai Saint-Michel. C'est là que la foule le retrouva : perché en haut de la fontaine du même nom, sur l'épée de l'archange qui surplombe la place.

Un homme s'avança. La quarantaine, les cheveux courts et des yeux vides. Il sortit un fusil de son étui et tira. Il manqua l'oiseau, qui s'envola aussitôt. La détonation fut suivie par des aboiements. Le tireur fut interpellé par les agents qui suivaient le cortège. Mais puisqu'il avait un permis de chasse et qu'il était aussi un ami éloigné du préfet, il fut aussitôt relâché. On lui redonna son arme, un long fusil à crosse d'argent, qui devait avoir beaucoup de valeur. On lui rappela cependant les règles de la Grande Chasse, qu'il feignait d'ignorer. Le canard devait être pris vivant et à mains nues.

À l'écart, derrière la foule et les agents, personne ne remarque ces deux Parisiens déguisés et masqués. Ils entraînent quelqu'un de force dans une ruelle. Détournons le regard... Il vaut d'ailleurs mieux que ce soit un homme plutôt qu'une femme. En ce jour de fête, le vieux Paris devient le même coupe-gorge que la Venise des carnavals.

Pendant ce temps, le reste de la mêlée venait de se propulser vers Cluny. Le canard s'y était en effet réfugié, atterrissant dans les herbes folles qui poussent entre les ruines des anciens thermes. Il avait peur, à présent. Il ne comprenait pas comment ses poursuivants avaient si vite retrouvé sa trace. Au travers des barreaux, il distinguait des créatures masquées ou maquillées, dont les visages s'écrasaient contre les grilles du musée de Cluny. Les plus téméraires commençaient déjà à les escalader, encouragés par les autres, qui criaient, chantaient, allumant des pots de fumée rouge et des feux de Bengale. L'heure avançait, les esprits s'échauffaient, et dans un brouillard écarlate aux odeurs de soufre, la liesse cédait le pas à une fureur qui gagnait peu à peu la foule tout entière.

Pour beaucoup, le jeu commençait à prendre une nouvelle tournure : celle d'une fête sanguinaire. Et cela, le canard le sentit. Comme il sentit qu'il lui fallait tout faire désormais pour s'éloigner de ce flot de haine. L'animal cancana à plusieurs reprises – pour exprimer sa peur ou pour appeler à l'aide ? – et s'envola d'un battement d'ailes vers la rue des Écoles.

La Sorbonne était vide, ce jour-là. Étudiants et professeurs étaient sortis, au même titre que tous les Parisiens, pour tenter leur chance et participer à la fête. Rassuré à la vue de ces rues dépeuplées, le canard s'aventura dans les hauteurs du Quartier latin, bifurquant vers la montagne Sainte-Geneviève. Tout en haut, il évita le Panthéon et survola en diagonale la cour du lycée Henri-IV, elle aussi vidée de tous ses élèves.

Dans le bâtiment adjacent, seuls les jeunes collégiens restaient présents. Afin d'alléger la charge parentale en cette journée particulière, les écoles publiques de Paris proposaient un service d'accueil. Mais les enfants ne travaillaient pas ce jour-là, et les quelques surveillants réquisitionnés pour l'occasion les contrôlaient à peine.

La longue récréation avait commencé dans le calme, une heure plus tôt ; les filles d'un côté, avec leurs jupes safran, les garçons de l'autre, en uniformes bleus. De part et d'autre de la grille qui les séparait, les collégiens se rassemblaient çà et là en grappes autour de postes de radio, exceptionnellement autorisés. Leurs cris et leurs rires résonnaient dans la cour, et se répandaient pardessus les murs, dans le silence du quartier.

Les garçons furent les premiers à apercevoir le gros canard passant au-dessus d'eux, et le vieux drone qui le suivait de près. Emportés dans un même élan, ils se mirent à courir en le montrant du doigt. L'oiseau poursuivit sa trajectoire et atteignit l'autre partie du préau, celle des filles. Le nez au ciel, sans réfléchir, les garçons se mirent à escalader la haute grille de séparation. L'un des surveillants donna l'alerte, mais trop tard. En quelques secondes à peine, les garçons déferlèrent en trombe dans la cour des filles. À cause de la couleur des uniformes, on eût dit le roulement d'une vague bleue sur le sable.

À peine aperçu, le canard venait de disparaître. Mais le simple fait de l'avoir vu déclencha dans la petite troupe privée de sortie une furie similaire à celles des adultes qui, à quelques rues, couraient à la poursuite de l'insaisissable oiseau. La situation dégénéra. Les collégiens, frustrés par leur réclusion et furieux de l'échec des plus grands, s'abandonnèrent à une sorte de folie collective. Les garçons arrachaient les jupes des filles, les filles déchiraient les chemises des garçons, certains grimpaient aux arbres en poussant des cris d'animaux. Les surveillants durent reculer pour se protéger des morsures et des coups.

La moindre fenêtre fut brisée, chaque poubelle incendiée. Puis, à court de fenêtres comme de poubelles, les élèves entrèrent dans les salles de classe et mirent tout le collège à sac. Appelés par le proviseur, les agents du commissariat voisin, armés de matraques, de bonbonnes de gaz et de fusils à filets, arrivèrent un peu tard. Les locaux dévastés étaient vides. Les enfants avaient disparu, en fuite dans la ville.

TOUT À SON VOL, le canard n'en avait rien vu et il s'était réfugié dans une rue débouchant sur la place de la Contrescarpe. L'oiseau s'était posé à mi-hauteur d'un petit immeuble, sur la rambarde d'une fenêtre aux volets fermés – celle d'Ernest Hemingway au siècle passé. C'est ici qu'il avait vécu, avec sa première femme. Le jour, Hemingway se rendait dans un hôtel voisin pour écrire. Ce même hôtel où Verlaine était mort, près de l'appartement dans lequel il avait pendant quelque temps fait cohabiter son épouse avec Rimbaud, tout juste débarqué à Paris. Hemingway le savait et ne pouvait y être insensible. Quand il avait terminé sa journée de travail, il allait marcher sur les quais pour se dégourdir les jambes. Il connaissait une bouquiniste qui lui revendait à un prix dérisoire les livres oubliés par quelques riches clients de la Tour d'Argent, à l'époque où le restaurant proposait encore un service d'hôtellerie. Hemingway les lisait chez lui, au coin du poêle, pour ne plus avoir à penser à ce qu'il avait écrit le jour même ni à ce qu'il allait écrire le lendemain. Mais aujourd'hui, ce joli entrelacs de rues, ce petit groupement de maisons si calmes d'ordinaire, où tant de grands esprits étaient passés, se trouvait sur le point d'être envahi par une foule déchaînée dont on entendait déjà les cris.

En revanche, le canard ne les entendait pas, car les oiseaux perçoivent mal les sons graves. Leur ouïe, très fine, est faite pour saisir les ondes à faible fréquence. Les murmures, les chuchotements de la nature. Ceux-là mêmes que les hommes n'entendent jamais, à quelques rares exceptions près.

Le drone, quant à lui, s'était immobilisé dans le ciel, quelques mètres au-dessus du canard. L'oiseau ne le vit pas. Depuis quelques instants, toute l'attention du volatile semblait s'être portée vers une fenêtre au premier étage du petit immeuble qui lui faisait face, en contrebas. Une lumière argentée l'attirait. Elle provenait d'une boîte de conserve au bout d'un fil, que le vent faisait danser.

Intrépide ou magnétisé par l'étrange lueur, le canard alla se poser en trois coups d'aile sur la rambarde. Mais il fut déçu par sa trouvaille. À l'intérieur de la conserve, il n'y avait rien d'autre qu'une cigarette brisée en deux, une pièce de cent francs-neufs et des miettes de tabac. L'oiseau allait repartir vers la fenêtre d'Hemingway lorsqu'il sentit deux mains l'agripper. Il poussa un cri, agita vigoureusement ses ailes et parvint à se libérer.

Mais, par malchance, l'une de ses ailes se coinça dans le fil, et il se trouva pris au piège. Les deux mains se plaquèrent à nouveau contre ses flancs. Il fut comme aspiré à l'intérieur de la maison. Peu après, une main, une longue main blanche et osseuse referma la fenêtre dans un bruit sourd.

Jamais encore notre canard n'avait connu une telle peur. Pas même lorsqu'il avait été attrapé, un mois plus tôt, par les gardes-chasse de son marais. Ni même quand il avait été séquestré dans cette boîte noire. Il se mit à pousser une série de cris aigus. Peut-être appelait-il à l'aide ? Cette fois, personne n'était là pour venir à son secours.

Les longs doigts maigres d'Hélène s'étaient resserrés comme des griffes de part et d'autre de l'oiseau. Elle ne se rendait pas compte qu'elle lui faisait mal ni qu'elle lui faisait peur. Elle ne comprenait pas ce qu'il était venu faire chez elle et voulait simplement le voir de plus près. Pour Hélène, qui passait ses journées à la fenêtre, il était inespéré de recevoir un tel visiteur. Afin de le calmer, elle tenta de le caresser. En vain. Le canard nasillait de plus belle et hérissait ses plumes.

– Chut ! Chut ! répétait Hélène d'une voix désincarnée. Surprise ! Surprise !

Tout comme notre canard, Hélène maîtrisait mal la langue des hommes, ne s'exprimant que par bruits ou au moyen de petits bouts de phrases. L'oiseau, enfin, se calma. Sa ravisseuse finirait bien par le relâcher…

Il avait raison. Aussitôt qu'il cessa de se débattre, il sentit l'étau des mains d'Hélène se desserrer et, d'un coup, le libérer. Il se réfugia en quelques battements d'ailes tout en haut d'une armoire, entre une vieille soupière et une pile de chapeaux. En regardant autour de lui, il comprit qu'il n'était pas encore sorti d'affaire.

SE VOYANT À NOUVEAU HORS DE PORTÉE, le canard s'apaisa néanmoins. Hélène lui fit plusieurs fois un signe de la main qui voulait dire « Viens ! », suivi d'un autre qui voulait dire « Tant pis… » Puis elle alla se rasseoir sur un tabouret, près de sa fenêtre.

Si notre canard avait eu la faculté de connaître les êtres humains, il aurait pu voir qu'Hélène était différente. Ce n'étaient pas tant ses cheveux hirsutes qui trahissaient sa folie, mais plutôt son regard ; il tremblait plus vite encore que ses mains et jamais ne se posait. Ses petits yeux noirs étaient en mouvement constant, semblables à ceux des mouches en été. Quant à sa bouche, elle avait l'air figée en un rictus inquiétant – pour ceux bien sûr qui ne savaient pas y déceler une douleur profonde. Malheureusement pour Hélène, la plupart de ceux qu'elle croisait dans le quartier ne la regardaient même pas. Les enfants comme les adultes la redoutaient et, pour se moquer d'elle tout en exorcisant leur crainte, ils la surnommaient la « sorcière de la rue Mouffetard ».

Dans la rue, la silhouette d'Hélène était reconnaissable de loin : ses jambes chancelantes ; ses bras flottants, éloignés de son buste. On peut à peine dire qu'elle marchait, tant elle semblait se balancer d'un pied sur l'autre. Parfois, au bout de quelques pas de métronome, elle s'arrêtait net au milieu de la chaussée. Elle semblait être le témoin d'une apparition. Sa mâchoire se desserrait, sa grimace disparaissait. Ses mains se détendaient et on la voyait pianoter dans les airs quelques notes de musique. Au printemps, il lui arrivait de parler aux fleurs qui poussent sur le rebord des fenêtres. Les gens passaient sans la voir ou changeaient de trottoir. Nul ne cherchait à savoir ce qu'elle disait aux fleurs, mais chacun semblait redouter d'apprendre ce que cachait son regard en déroute.

Son vocabulaire se limitait désormais à une poignée de mots. Des onomatopées, surtout. Quelques insultes aussi, intactes encore, et dont elle couvrait ceux qui – pensait-elle – lui voulaient du mal. Parmi eux, il y avait les garçons de café de la place de la Contrescarpe. Quand ils estimaient qu'Hélène s'était trop attardée devant leur terrasse, les serveurs du *Café Nermord* l'arrosaient à l'aide d'une bonbonne d'eau de Seltz. Ils riaient quand elle les insultait en retour. En face, ceux de *La Belle Époque* se contentaient de la pousser hors du trottoir. Enfin, il y avait la méthode douce – mais dont le but était toujours de se débarrasser d'elle –, celle de la serveuse du *Café des Artistes*, qui lui ouvrait une bouteille de mauvais vin. Hélène l'empoignait et descendait la rue Lacépède. On la retrouvait bien souvent ivre, en train de jouer sur son piano imaginaire au pied de la montagne Sainte-Geneviève. Certains disaient même la croiser au Jardin des Plantes, où elle discutait avec des agapanthes.

Pendant la saison fraîche, Hélène demeurait chez elle. Avec les années, une masse d'objets en tout genre s'était accumulée dans le salon et dans la chambre. Des chaises, des journaux, des boîtes vides qu'elle se refusait à jeter. Il n'y avait pas de piano. Seulement une guitare sans cordes, abandonnée depuis longtemps. Pour se distraire, Hélène se contentait de la fenêtre. Elle avait pris pour habitude d'attacher cette boîte de conserve au bout d'une ficelle et de la dérouler jusqu'à ce qu'elle tombe à portée des passants. À moitié cachée par la balustrade du balcon, elle ne laissait apparaître qu'une main fantomatique remuant le fil. Certains voisins comprenaient le message et y laissaient quelques pièces, ou bien de quoi fumer. Mais la plupart évitaient l'instrument. Les enfants du quartier s'amusaient à y déposer toutes sortes de choses : tickets de métro usagés, mots d'insulte ou papiers de bonbons. Et pourtant, les mêmes enfants s'enfuyaient de peur quand ils croisaient Hélène rue Mouffetard.

« La vie, répète Madame Gracia, est un chemin

parsemé d'épines », et là-dessus encore, je crois qu'elle a raison. Autrefois, il paraît que les enfants l'aimaient, cette sorcière. D'après ce que certains disaient, dans une autre vie, Hélène avait donné des cours de musique. De piano, ou bien de guitare. On ne savait plus vraiment, et les récits divergeaient. Mais de l'avis unanime, c'était autrefois une grande dame du quartier. Une femme raffinée et d'une extrême douceur. Chacun y allait de sa petite histoire sur la raison de son basculement dans le vide. À vrai dire, personne ne savait. Le choc remontait à loin, plus loin que les *évènements*. Contrairement à tant d'autres, Hélène n'avait pas attendu le cataclysme pour sombrer.

– Toi la surprise, hein, connard ! Toi boum-boum l'enfoiré !

Hélène venait de s'adresser au canard, qui n'avait pas bougé de l'armoire. Elle cessa un moment de le fixer. Ses yeux de mouche voletèrent aux quatre coins de la pièce puis revinrent se poser sur la rue, en contrebas, où une foule de plus en plus compacte s'était rassemblée. Des hommes, des femmes, des chiens et même quelques enfants aux vêtements déchirés, marchant d'un pas nerveux, et cherchant visiblement quelque chose. Était-ce cette machine rouge qui volait au-dessus de la place ? Hélène referma le rideau. Ce monde n'était plus le sien depuis longtemps. Là-dessus, je dois dire que nous partageons, Hélène et moi, un point commun. Et je ne sais si cela me rassure d'être de l'avis d'une folle… Mais je me demande tout de même si je ne préfère pas encore la sienne, de folie, à celle qui semblait parcourir la foule tout entière sous ses fenêtres.

– Allez, zou ! Bravo ! dit-elle en se levant.

Hélène se traîna en clopinant jusqu'à la cuisine et sortit une bouteille de gin du réfrigérateur. « Tchin tchin », dit-elle après s'être servie dans un petit verre de cristal cerclé d'or. Oui, il semblait que les rumeurs disaient vrai : elle avait bien été, autrefois, cette femme raffinée qu'on croisait dans le quartier.

Après avoir trempé ses lèvres dans l'alcool, elle reposa le verre sur la table de la cuisine et ouvrit la fenêtre qui donnait sur la cour intérieure.

– Allez, ouste ! Ouste !

Mais l'oiseau ne bougea pas. Hélène s'écarta de la fenêtre et s'assit, la tête inclinée contre le mur de la cuisine.

L'oiseau s'aventura d'un coup d'ailes jusqu'au sol carrelé. Il tourna la tête vers Hélène, qui ne bougeait pas et chantonnait quelques mots incompréhensibles. Peut-être les paroles d'une vieille comptine. Le canard avança un peu plus et, d'un coup d'ailes agile, prit son envol dans l'arrière-cour.

Une fois à l'air libre, il se posa un instant sur les toits pour regarder autour de lui. Ravivé par la fraîcheur de l'air qui passait dans ses plumes, il cancana, de plaisir cette fois. Puis il s'envola pour de bon. Notre volatile se croyait seul et volait en confiance. Il ne vit pas d'hommes du côté où il se rendait, ni cette grosse bestiole rouge qu'il commençait à craindre tout autant. Certes, le drone avait égaré sa trace, mais les appels se multipliaient au centre de radio. On avait aperçu le canard du côté de la Sorbonne.

MARKUS AVAIT VINGT-QUATRE ANS. Il était donc de la « génération sacrifiée ». Mais, bien qu'il soit né et qu'il ait grandi dans ce monde nouveau, il ne ressemblait pas aux jeunes de son âge. Il était difficile de dire si cela était dû à son métier ou à sa personnalité. Orphelin de mère, il avait été formé au métier d'horloger par son père, un Allemand très solitaire qui tenait une boutique de montres anciennes à Munich. Ce fut une aubaine pour Markus qui, comme la majorité des jeunes gens de sa génération, n'avait pu recevoir une éducation complète. Comme beaucoup, il avait été déscolarisé pendant les *évènements* ; aujourd'hui encore, il peinait à lire, et surtout à écrire. Il s'exprimait peu et préférait le silence. Il y a quelques années, à dix-huit ans, il avait rejoint la France, d'où venait sa mère. Il aimait ce pays d'adoption. Et il n'était jamais retourné à Munich. Même lui, qui n'était pourtant pas de nature excentrique, trouvait cette ville morne et ennuyeuse.

Markus enfila sa veste bleue, celle qu'il portait pour ses travaux itinérants. Elle était abîmée au niveau des coudes et du col, trop courte aux manches. Mais cela lui était égal, ainsi que tout le reste. Il referma la porte de son atelier plein de vieux mécanismes endormis. Ce jour-là, il avait pour mission de se rendre à l'église Saint-Germain-l'Auxerrois, la paroisse des artistes, qu'il connaissait bien, située à quelques pas de la mairie. L'hôtel de ville l'avait appelé pour remettre en marche les carillons de la grande tour. L'horloge de Saint-Germain-l'Auxerrois, la plus ancienne en état de marche à Paris, ne supportait pas le rythme auquel on la faisait sonner. Il est vrai que les messes se succédaient de manière ininterrompue depuis des années et le délicat mécanisme avait tendance à s'enrayer.

La panne ce jour-là venait du fait que, comme toutes celles de Paris, les cloches de l'église avaient sonné le départ de la chasse. Markus, lui, n'avait rien entendu. Il avait veillé tard sur une montre à gousset très ancienne dont il cherchait à tout prix à comprendre le fonctionnement. Il y était parvenu vers 4 heures du matin et s'était ensuite laissé choir dans un sommeil profond.

Il avait beaucoup dormi et se sentait de belle humeur. Il se réjouit du silence des rues de Paris plutôt que de s'en inquiéter. Un peu plus tard, après avoir réparé sans difficulté le mécanisme de la tour, il descendit les escaliers en spirale qui le ramenaient à la rue. Il aimait l'odeur un peu aigre des vieilles pierres et laissa glisser sa main sur leur surface humide. Il se demandait comment la tour avait été construite. Les secrets de l'architecture gothique, aussi subtils que ceux d'une montre ancienne, le fascinaient. Markus aimait comprendre ce qui était complexe, rien d'autre ne l'intéressait. Il était à la fois ouvert et fermé d'esprit, orgueilleux et modeste. Il ne parlait jamais de ce qu'il avait appris et, mis à part ses clients, ne fréquentait personne, pas même les autres horlogers, qui n'étaient pourtant plus si nombreux.

Perché la plupart du temps dans les plus hauts clochers de Paris, souvent en proie à une rêverie maladive, Markus méprisait la rudesse des hommes. Il se sentait importuné par leurs éclats de voix, leurs insultes, la vulgarité de leurs mots, et même par leurs rires. Leur vacarme l'exaspérait comme s'en exaspèrent les vieux qui vivent seuls. Je dois dire ici que je ne partage pas ce trait de caractère avec Markus. Pas encore. Mais je le comprends. La solitude et le silence ont des vertus sous-estimées.

Les mécanismes de la vie lui semblaient bien plus complexes que ceux d'une horloge. Et les seuls « problèmes » qu'il osait affronter étaient d'ordre mécanique, car il était presque certain de pouvoir les résoudre. Tout le reste, les autres difficultés, celles-là mêmes que, précisément, on ne peut jamais vraiment régler, lui faisaient peur. Cela le poussait à maintenir à distance l'amas des choses concrètes qui forment l'ordinaire des jours.

Le jeune maître du temps longea le quai de la Mégisserie. En route, il bouscula une très belle femme vêtue d'un long manteau noir, et oublia de s'excuser. Il marchait ainsi la plupart du temps : les yeux au sol, abîmé dans ses propres pensées.

À la mairie, Markus reçut un beau billet de 20 000 francs-neufs puis ressortit. Il leva la tête vers la grande horloge de l'hôtel de ville. Markus rêvait de pouvoir un jour travailler sur une pièce de cette envergure. Elle sonna midi, avec une minute de retard. Deux pigeons s'envolèrent du beffroi.

Markus se mit en route vers la rive gauche, où l'attendait son second ouvrage du jour. Alors qu'il remontait la rue Saint-Jacques, il croisa çà et là de petits groupes d'étudiants auxquels s'étaient greffés quelques enfants égarés. De jeunes hommes masqués ou déguisés tirant de grands chariots emplis de trompettistes et de joueurs de tambour. À l'arrière, d'autres dormaient les uns sur les autres, probablement épuisés par l'alcool. Autour de ce cortège, des filles se déhanchaient, remuant plumes et clochettes nouées à leur ceinture. L'une d'elles avait les seins nus. Sa poitrine était lourde et lui rappela celle des femmes qu'il voyait, enfant, sur les plages pour nudistes de ce lac où son père l'emmenait en vacances. Markus détourna le regard et reprit son chemin.

Il ne chercha pas à connaître la cause de cette agitation. Il arriva rue des Écoles, couverte de détritus et de confettis, et passa les portes de la Sorbonne. L'université était vide. Il emprunta un couloir, puis une porte dont il était le seul à posséder la clé. Derrière se trouvaient les escaliers de la tour de l'observatoire, qui surplombe la rue Saint-Jacques.

Cette fois, Markus n'alla pas jusqu'au sommet. Il s'arrêta dans une pièce étroite, aux odeurs de vieux bois, et s'avança face au mécanisme de l'horloge qu'il devait réparer. Il y posa sa main, imitant le geste du médecin sur le front d'un patient. Il constata que le même rouage s'était encore enrayé depuis son dernier passage. Il s'agenouilla, ouvrit sa petite boîte à outils, sortit ses instruments les plus fins : une pince brucelles, une lime à fendre, trois tournevis, un pique-huile et un gratte-brosse. Il les disposa sur un chiffon de soie, enfila une paire de gants et un masque en papier. Ces précautions servaient à ne pas oxyder le métal, à ne pas contaminer l'organisme qu'il s'apprêtait à « opérer ». Il allait se mettre à l'ouvrage, lorsqu'il perçut un bruit. Il vit un peu de poussière tomber sur la soie où étaient disposés ses outils et leva la tête vers la poutre, juste au-dessus de lui. Il comprit qu'il n'était pas seul.

Le bruit se fit entendre une nouvelle fois et il le reconnut. C'était celui d'un oiseau. Markus pesta en allemand. « Encore une saleté de pigeon ! » De tous les animaux vagabonds de Paris, les pigeons étaient les plus détestables, car ils étaient les seuls à venir le déranger dans ses clochers. Bien souvent, les plus gros n'arrivaient pas à ressortir et mouraient sur place ; Markus en retrouvait souvent, sur un plancher jonché de fientes, à un stade avancé de décomposition. Cela le dégoûtait plus que toute autre chose, et il craignait pour ses horloges. Il alluma sa lampe frontale, éclairant l'endroit d'où était venu le bruit.

Il poussa un cri de terreur. D'oiseau aussi grand, il n'en avait jamais vu. Qu'était-ce donc que ce monstre ? Était-ce seulement un oiseau ? Oui… un grand oiseau qui venait de déployer ses ailes noires, ce qui le rendait plus terrifiant encore. Allait-il l'attaquer ? Pour l'instant, l'animal ne bougeait pas. Dressé sur ses pattes, il lançait des cris stridents. Markus retira son masque et recula lentement. Malgré la peur, il ne quittait pas l'oiseau des yeux, afin que la lumière de sa lampe restât braquée sur lui. Dans le combat qui allait peut-être suivre, ce maigre faisceau lui semblait sa seule arme, tant ses minuscules outils lui paraissaient dérisoires pour se défendre. Mais comme la bête ne profitait pas de son avantage, Markus se releva et se mit à agiter les bras, ce qui à sa grande surprise fonctionna. L'animal disparut dans l'ouverture par laquelle il était entré. L'horloger prit la fuite à son tour, descendant en trombe les escaliers. Une fois dans la rue, il put voir une espèce de machine volante à la poursuite d'un point noir dans le ciel. Le calme revenu, Markus alla s'asseoir sur les marches de la Sorbonne, le teint pâle et les yeux dans le vague.

Le cortège qu'il avait aperçu tout à l'heure repassait par là. La jeune fille aux seins nus prit Markus par le bras et le fit asseoir à l'arrière de son char, aux côtés des dormeurs. On lui donna d'abord à boire, puis on lui fourra le visage dans la poitrine de l'étudiante. Chacun se mit à rire, à part Markus qui, hébété, n'avait pas retrouvé ses esprits. Les musiciens reprirent leur tapage et le char se mit en route vers les rues sinueuses du Quartier latin, à la recherche de la foule et de l'oiseau. Tous laissaient éclater leur joie. Ils ne voyaient pas que l'un d'eux, un jeune trompettiste tout juste sorti de l'enfance, était resté en arrière. Il gisait au fond d'une cour, la tête contre le sol. Il avait bu jusqu'à l'effondrement. Le sang avait déserté son visage et une salive épaisse moussait sur ses lèvres. Un chat errant à la queue coupée, passant par là, le regarda avant de venir se blottir contre lui.

COMME TOUS LES JOURS, après avoir déjeuné avec sa fille, qu'elle confiait pour l'après-midi à sa sœur, Suzanne quitta la petite place et descendit la rue Vavin vers le jardin du Luxembourg. Elle s'en voulait de devoir travailler aujourd'hui, car c'était l'anniversaire de sa fille, mais elle n'avait pas d'autre choix. Il fallait bien gagner sa vie… Sarah venait d'avoir huit ans. En apparence c'était une petite fille ordinaire. Elle avait les yeux de sa mère, et de son père disparu elle avait hérité de jolies taches de rousseur, ainsi qu'un cœur fragile. Les médecins appelaient cela « maladie bleue ». Un nom que Sarah trouvait beau et qui lui paraissait correspondre à la teinte légèrement violacée que prenaient ses lèvres, par moments. Elle était dispensée d'école, et sa tante se chargeait chaque après-midi de son éducation, sous la verrière de la brasserie alsacienne qui se trouvait à l'emplacement de l'ancienne *Closerie des Lilas*.

Étrangement, Sarah aimait passer ses journées

parmi les adultes. Elle se sentait fière de pouvoir s'habiller comme elle l'entendait. Elle détestait les uniformes des petites filles qui passaient le matin sous sa fenêtre, ou qu'elle voyait rentrer le soir, à l'heure où elle retrouvait sa mère, dans le jardin, après la fermeture. C'était le moment de la journée qu'elle préférait, quand elle l'aidait à s'occuper des ânes. Charles, un vieil âne au pelage blond, était son préféré. Elle le saluait toujours avant les autres.

Ce jour-là, Suzanne le retrouva plus souffrant encore que la veille et cela l'attrista. Elle savait qu'il n'en avait plus pour longtemps et n'osait en parler à sa fille. Elle le caressa longuement, lui demandant de tenir encore un peu, car à cette période elle n'avait pas de quoi le faire soigner et ne voulait pas faire de peine à Sarah, surtout la semaine de son anniversaire.

Le peu d'argent que Suzanne gagnait avec les ânes passait pour l'essentiel dans les soins destinés à sa fille et dans la location de l'enclos. Ici, au Luxembourg, tout se réglait « sous le manteau ». La plupart des gardiens avaient basculé dans la petite délinquance et le Luxembourg était devenu l'un des points névralgiques du marché noir dans la capitale. Les trafiquants entraient et sortaient du jardin par l'immense réseau de catacombes sur lequel il est construit. Avec la complicité des gardiens, le système perdurait ainsi depuis des années.

Au plus bas de la chaîne, les vendeurs à la sauvette,

ces enfants comme on en trouvait dans tous les parcs, sur toutes les places. Ils vendaient, mendiaient, volaient selon les jours. Beaucoup mouraient jeunes. Il ne fallait pas les toucher. Certains avaient la gale et portaient de petites boîtes métalliques autour du cou, afin d'éviter tout contact lorsqu'ils faisaient la manche. Cela donnait aux Parisiens un avantage : celui de les entendre s'approcher, pour détourner le regard à temps. D'autres enfants contournaient ce refus par la ruse. Ils accouraient à deux, encerclaient le passant, lui prenaient les mains jusqu'à ce que, cherchant à les fuir à tout prix, il leur jette le contenu de ses poches.

Le jardin du Luxembourg était devenu un lieu où l'on pouvait trouver de tout : articles de contrebande, bijoux volés, drogues, filles, et bien d'autres choses. S'il était malvenu d'en parler, personne n'était dupe. Ceux qui s'aventuraient là ne venaient pas s'y promener. Les rares enfants à faire un tour sur les ânes de Suzanne n'étaient souvent que l'alibi d'un père toxicomane ou d'une mère à la recherche de contrefaçons. Ils lui confiaient leurs enfants ou les laissaient sur les bancs du marionnettiste, le temps de mener leur affaire.

Il suffisait de voir l'état de décrépitude du jardin pour comprendre à quel point le lieu était désormais mal famé. Les ânes, les marionnettes et les ballons du marchand n'étaient que de pâles souvenirs de sa splendeur d'avant les *évènements*.

APRÈS S'ÊTRE LONGUEMENT OCCUPÉE du vieux Charles, Suzanne détacha Nicolas et lui brossa les jambes et le dos. Elle répéta les mêmes gestes avec Emmanuel et Valéry. Elle s'en occupait bien, comme si elle avait toujours exercé ce métier. Elle avait racheté à très bas prix ses ânes au précédent propriétaire et avait conservé les noms qu'il leur avait donnés, ceux d'anciens présidents.

Mis à part le vieux Charles, les autres étaient en bonne santé. Une fois les ânes brossés et attachés les uns aux autres, Suzanne ouvrit la porte de l'enclos et mena son troupeau vers le point de rendez-vous habituel. Georges et François, les plus robustes, tirèrent la calèche jusqu'aux environs du bassin.

Suzanne installa ses bêtes sous un marronnier. Elle répartit au sol des quartiers de pomme, et des morceaux de fougasse pour Charles, qui avait de mauvaises dents, avant de rejoindre son banc familier, où Yann l'attendait.

– Comment vas-tu ? demanda-t-elle en lui faisant la bise.

– Bah, les affaires vont mal.

– Rien de neuf, alors ?

– Non… sauf pour Bertrand. Tu vois qui c'est, Bertrand ?

– Le marionnettiste ?

– Les gardiens ont saccagé son petit théâtre pendant la nuit. Il n'avait pas payé depuis des mois, le pauvre. Je l'ai retrouvé en pleurs ce matin. Je pense qu'il va partir, lui aussi. Bientôt il ne restera plus que nous dans ce foutu jardin.

Les deux amis se turent. Yann surveillait d'un œil sa roulotte, près du bassin, qui contenait la collection de voiliers miniatures de son père – des bateaux qui restaient le plus souvent à terre. En fait, Yann gagnait sa vie en vendant de l'alcool sous le manteau, du genièvre surtout, et de la Biercine, qu'il faisait venir de Belgique. Son commerce marchait mal, surtout depuis quelque temps. Il avait tant tiré le diable par la queue, disait-il, qu'il avait fini par la lui arracher.

– Bientôt, il n'y aura plus que toi, ma Suzanne. Moi, je peux tenir un mois, peut-être deux. Après ça, c'est fini. Et tu vas t'emmerder, sans moi.

– Tu feras quoi ?

– Rien. Absolument rien. Ou bien, tiens, j'irai vendre mon cul dans un buisson. Il paraît que ça rapporte.

– Ne dis pas de bêtises, Yann.

Suzanne sourit, se pencha en arrière et ferma les yeux.

– Fais un petit somme, lui dit Yann. Je surveille ton troupeau.

– Bon sang, réveille-toi ! Regarde !

Suzanne ouvrit les yeux et vit un grand oiseau qui déambulait entre les ânes.

– C'est un canard, dit-elle. Comment est-ce possible ?

– Je ne sais pas… mais il a l'air épuisé. On dirait qu'il cherche à se cacher. À se protéger de quelque chose.

– Peut-être de l'orage ?

L'oiseau se tenait entre les pattes du vieux Charles. Il mangea un premier, puis un second et bientôt un troisième morceau de pain. Il semblait très méfiant et s'éloignait après chaque bouchée, pour revenir prudemment. Les deux amis ne disaient plus rien, mesurant la rareté de l'instant. Suzanne comprit mieux lorsqu'elle vit descendre du ciel le drone, dont l'œil semblait fixé droit sur eux. Elle se leva en hâte et s'élança vers ses ânes.

– Mais bien sûr, Yann ! s'écria-t-elle. Aujourd'hui, c'est la Grande Chasse ! Ils vont l'attraper et le tuer !

– Nom d'un chien ! Ça m'était totalement sorti de la tête.

Suzanne tapa dans ses mains, s'agitant autour de l'oiseau. Mais celui-ci semblait l'ignorer. Après s'être nourri, peut-être rassuré par la présence des ânes, il s'était affalé sur le sable pour reprendre des forces.

– Mais que fait-il ? Pourquoi ne veut-il pas s'envoler ?

– Il n'en peut plus, dit Yann. Tu peux l'attraper, il se laissera faire.

– L'attraper, pourquoi ?

– Il y a tout de même vingt millions à gagner, dit Yann d'une voix hésitante.

Tandis que Suzanne et Yann s'approchaient à pas lents du canard, tout occupé à saisir un quatrième morceau de pain entre les pattes du vieux Charles, des clameurs se firent entendre au loin, puis devant, derrière, partout autour d'eux. Le jardin allait se remplir d'une foule encore invisible mais considérable, à en croire le tapage grandissant. C'était un bruit de fête, qui n'avait pas lieu d'être dans ce jardin en friche, recherché pour son silence.

Les ânes commencèrent à s'agiter. Le vieux Charles tirait sur sa corde et tapait du sabot dans le sable. Le canard aussi semblait maintenant soucieux et regardait alentour, sans vouloir quitter son refuge pour autant. Le bruit se rapprochait, intense. Prises de panique, les bêtes se mirent à braire. Les pattes du vieil âne tremblaient. Il commença à uriner, ce qui ne délogea pas non plus notre oiseau.

– Ils arrivent, dit Suzanne. Place-toi à la croupe de Charles, je vais essayer de saisir le canard par l'avant. Tiens-toi prêt s'il sort de ton côté.

Suzanne s'y reprit à deux fois pour attraper le canard. Puis, sans réfléchir, abandonnant ami et troupeau, elle s'échappa de la foule qui se déployait déjà autour d'eux. Des hommes et des chiens, par dizaines, par centaines… Ils étaient suivis d'étranges chariots remplis de jeunes gens endormis, empilés comme des cadavres, piétinés par des joueurs de tambour et tirés par des colosses en guise de chevaux. Autour d'eux, des femmes dansaient, entourées d'enfants aux vêtements débraillés, déchirés pour certains. Des lambeaux bleus et jaunes. Tous arrivaient à grands pas, poussant toutes sortes de clameurs, tandis que des nuages très bas et de plus en plus noirs annonçaient l'orage. Comme venu de nulle part, un hurlement écorché monta du cœur de la foule. Le cri d'un seul homme – ou d'une femme, peut-être. Cri d'effroi ou de souffrance ? Difficile à dire... On ne l'entendit qu'une fois.

Alors que ces flots d'hommes et de femmes se répandaient dans le jardin, Suzanne trouva refuge dans un large bosquet très touffu. Elle s'accroupit, essoufflée. Le drone l'avait suivie et la cherchait, en vain pour l'instant. Elle eut peur, tout de même, lorsqu'elle entendit les feuillages s'écarter.

– Yann... Comment m'as-tu retrouvée ?

– C'est encore le seul endroit où l'on puisse se cacher, ici. D'ailleurs, c'est là que viennent les filles.

Il s'accroupit à son tour et caressa le jabot de l'oiseau, qui paraissait étonnamment serein. Suzanne le fixa d'un air inquiet.

– Je vais m'en occuper, reprit Yann. Toi, tu devrais retourner à tes ânes. Le drone va nous localiser, on ne peut pas rester ici. Je vais planquer le canard sous ma parka. Je sortirai par l'autre côté du bosquet, en promeneur tranquille, avec ce paquet sous le bras. J'irai jusqu'à la rue Guynemer et là... je le relâcherai !

Le canard ne perdit pas son calme lorsque Suzanne aida son ami à enrouler sa parka autour de lui.

– Voilà ! Au chaud et bien tranquille. Va, maintenant. Sors en courant devant le drone, agite les branches pour qu'il te suive. La foule arrive, tu entends ? Il faut se dépêcher. Et mets ton coude sous ton pull pour faire croire à la présence du canard.

Le drone ne crut pas à la ruse de Suzanne, pas plus qu'à celle de Yann, qui dut détaler pour fuir la foule lancée à ses trousses. Suzanne s'écarta de toute cette agitation et revint vers son troupeau, mais elle ne retrouva que le vieux Charles, dans son urine. Les autres ânes avaient disparu, avec le reste de la multitude, dont on entendait les cris, du côté de la rue Guynemer. Suzanne était certaine que Yann serait parvenu à relâcher à temps le canard, sans se faire rejoindre. C'était un débrouillard, elle avait pleine confiance en lui. En revanche, elle doutait de la bonne volonté de l'animal. Suzanne songea avec tristesse qu'elle n'avait fait que retarder son supplice. Elle ne pouvait plus rien pour ce pauvre oiseau. Et ses ânes avaient besoin d'elle, il fallait qu'elle les retrouve.

Désemparée, elle tenta de faire avancer Charles mais il refusa. De très mauvaise humeur, il ne se mit en route que fort lentement et lui imposa son pas. Suzanne se vit forcée de marcher ainsi, tirant son âne avec peine, la rage au ventre. Tout en avançant, elle entendit le bruit de la foule, un peu plus loin, vers Saint-Sulpice. L'heure du dernier chant approchait.

ENFIN SORTI DES ENTRAILLES DU MÉTRO, recraché par l'une de ses innombrables bouches, Ferta était encore engourdi de sommeil. Le jour, il était balayeur. Le soir, il faisait des ménages dans les banques. Il aimait travailler la nuit : cela lui rappelait sa jeunesse, sur les bateaux de pêche au large de l'Afrique. En haut des escaliers de la station Luxembourg, il se sentit bien. Il leva les yeux vers la coupole du Panthéon, qui se découpait avec netteté dans le ciel. Les nuages étaient gris, presque bleus. D'ordinaire, à cette heure, les rues étaient pleines. Il ne rencontra pourtant que deux personnes : une femme très belle en long manteau noir, dont il croisa le regard, et un vieil homme en costume de tweed qui se dirigeait à pas lents vers Port-Royal. Ferta le vit s'éloigner dans la même direction que la fille, puis ses yeux se perdirent à nouveau dans le velours du ciel.

Il longeait les grilles du jardin du Luxembourg. Il

entendit des cris d'enfants et les sons d'un orchestre ; il devait se tenir là une kermesse que la pluie gâcherait bientôt. L'orage lui semblait imminent, le vent se levait et Ferta, chargé de ramasser les feuilles mortes, ne s'en réjouissait pas.

Il tourna dans une petite impasse où les chats aimaient se retrouver pour fouiller les ordures. Il en enjamba quelques-uns avec douceur, veillant à ne pas les déranger, pour entrer dans un local technique. Ils étaient plusieurs employés de la ville à venir s'y changer, mais chacun à des horaires différents. Ferta ne rencontrait jamais ses collègues et ne connaissait d'eux que leurs noms, sur les casiers. Il enfila sa tenue de travail, puis ressortit avec son balai vert pomme et une poubelle de la même couleur.

Il descendit vers la place Saint-Sulpice et s'arrêta au milieu de la rue, pour un chat qui l'avait reconnu et venait à l'approche. Ferta le caressa un moment. Il en profita pour lire quelques vers du « Bateau ivre », dont les strophes étaient peintes en lettres noires sur le mur du séminaire. Rimbaud avait déclamé ce poème pour la première fois non loin de là, alors qu'il venait d'arriver chez Verlaine. Ferta le lisait toujours ainsi, par fragments, dans le sens de sa marche, qui n'était pas celui du poème. Bien des mots lui échappaient, mais cela ne l'empêchait pas d'être ému par sa beauté. Et puis, il y avait cette strophe qui le saisissait toujours et le ramenait à ses jeunes années en mer :

J'aurais voulu montrer aux enfants ces dorades
Du flot bleu, ces poissons d'or, ces poissons chantants...

De toutes les phrases qui ornaient le mur, il lui semblait que celle-ci n'avait été écrite que pour lui.

Il y avait déjà du monde sur la place. Des mendiants, des petits vendeurs sans le sou qui guettaient aux portes de l'église. Sans les quitter des yeux, Ferta commença à balayer les feuilles autour de la fontaine. Quelques enfants étaient là comme tous les jours pour le repas que leur distribuaient les jeunes séminaristes. Ferta les regardait d'un œil attendri, bien qu'il se méfiât d'eux. Lui-même, avant de devenir pêcheur, avait été un enfant des rues de Dakar, ceux qu'on appelle les talibés : enfants souvent abandonnés, naïvement confiés par leurs parents à des marabouts véreux. Au lieu de l'éducation coranique promise, ils échouent dans des maisons fermées, sortes de pensions miteuses d'où l'on ne s'échappe pas. Il n'y a que dans la journée, au moment où ils sont envoyés dans les rues pour mendier, que certains de ces « élèves » peuvent tenter de s'arracher à leur sort. Ceux-là sont des courageux. Une fois rattrapés, la violence de leur châtiment est telle que beaucoup frôlent la mort. Mais Ferta, se fiant à son instinct, avait décidé un jour qu'il ne rentrerait pas pour dormir parmi les autres talibés ; et par cette décision, il sut aussi qu'il ne reculerait devant rien. Il choisit de disparaître. Il prendrait la mer. Il ne voyait pas d'autre issue.

Ce jour-là, il s'était rendu à pied jusqu'au quartier du Plateau et avait rejoint le grand port de pêche. Il avait demandé aux pêcheurs s'ils connaissaient son demi-frère qui, d'après ce qu'il savait, travaillait sur un bateau égyptien. Il avait fini par le trouver, juste avant qu'il ne prenne la mer. Ils ne s'étaient rencontrés qu'une seule fois. Son demi-frère tenta ce jour-là de l'aider et de le faire embarquer avec lui, mais le capitaine refusa : « Trop jeune. » Ferta rétorqua qu'il avait presque quinze ans. Il mentait.

Son demi-frère lui donna alors le contact d'un ami qui pourrait peut-être l'accueillir. Quand Ferta le rejoignit, ce dernier organisa pour lui et d'autres adolescents de son âge une retraite dans la forêt. Dans la culture peule, une coutume persiste encore par endroits : celle d'envoyer les jeunes garçons à l'isolement dans les bois pour consacrer leur passage à l'âge adulte. C'est ainsi que pendant de longues semaines d'initiation, Ferta vécut tant bien que mal dans cette forêt peuplée d'enfants.

Pour tuer l'ennui, beaucoup buvaient. De l'alcool de palme qu'ils faisaient fermenter dans des cuves ou dans de simples trous. Ceux qui en abusaient se bagarraient souvent, le soir venu. Ferta gardait ses distances, il se faisait discret, assis en tailleur devant le feu. Il s'évadait par la pensée mais dormait peu, toujours aux aguets, prêt à se défendre. C'est à cette époque qu'il s'inventa ce prénom, Ferta, qui signifie « éveil », ou plus exactement « les yeux ouverts ».

Devenu adulte, Ferta parvint à retrouver son demi-frère, qui le fit embaucher et le forma au métier de pêcheur. Ses conditions de vie s'améliorèrent un peu. Un Marocain qu'on surnommait « Canarillo » le prit sous son aile. Les marins espagnols de Tanger lui avaient trouvé ce sobriquet car il ne pouvait s'empêcher de chanter comme un oiseau, de gazouiller. Ferta et lui devinrent proches. Le vieux Canarillo lui apprit à lire, les jours où la mer était calme.

Ils pêchaient surtout de nuit. Les filets remontaient le plus souvent de la dorade et du mérou. Il arrivait parfois que d'étranges animaux s'y prennent, des bêtes si terrifiantes que Ferta et les autres n'ouvraient jamais les filets sans se munir de leurs machettes. Mais les créatures les plus redoutées des pêcheurs étaient celles qui n'existaient pas. Celles dont ils entendaient parler de la bouche des plus vieux : des esprits de l'eau, hommes à demi poissons. Les marins savaient tout de la mer et, pourtant, beaucoup semblaient ne pas la connaître vraiment. Presque tous en avaient peur.

Au moment des *évènements*, quelques années plus tard, Ferta et son équipage se trouvaient en mer. Le navire était resté plusieurs mois au large, avant que tout accès à un port africain lui fût finalement interdit, tant l'épidémie faisait rage. Le capitaine et l'équipage rejoignirent alors l'Europe, après un périlleux voyage au cours duquel plusieurs marins perdirent la vie. Voilà ce à quoi pensait ou plutôt repensait Ferta, en ce début d'après-midi, à la vue des enfants amassés sur la place Saint-Sulpice : au chemin parcouru. Il se dit qu'il avait toujours progressé vers des situations plus faciles. Un tel parcours est rare, d'après Madame Gracia, pour qui la vie « commence dans les fleurs et s'achève dans les ronces ». Ferta était sorti des épines et allait droit vers les fleurs, pensait-il, et cela lui était d'une grande consolation.

Un bruit de loquet se fit entendre et les regards se tournèrent vers les portes du séminaire, qui venaient de s'ouvrir. Un prêtre en sortit, suivi d'un groupe de jeunes séminaristes qui s'alignèrent pour distribuer les repas. L'agitation était si grande que personne, mis à part Ferta, ne remarqua l'énorme canard qui venait tout juste de se poser sur l'eau du bassin. En levant la tête, Ferta vit aussi une machine qui tournoyait et feulait, plus menaçante encore que les lions de la fontaine.

APRÈS AVOIR ÉTÉ RELÂCHÉ PAR YANN, le canard avait tenté de reprendre de la hauteur, mais son état était tel qu'il se sentait incapable des mêmes prouesses qu'au matin. Dès qu'il aperçut la grande fontaine à triple bassin, il s'y précipita. Une fois posé, il observa autour de lui, immobile à la surface de l'eau. La foule n'était pas encore là. Le vent se levait et le canard se laissa peu à peu bercer par les légers remous du bassin supérieur. Il s'autorisa même à rentrer la tête dans le pli de son aile, pour se rendre invisible, ou regagner des forces.

Les yeux de Ferta n'avaient pas quitté l'oiseau. Il ne pouvait s'empêcher de sourire à la vue de ce canard. Il ressemblait un peu à ceux qui débarquaient, une fois l'an, dans la baie de Dakar. Les autres talibés entraient dans l'eau jusqu'à la taille avec un lance-pierre, et quelques-uns parvenaient à abattre l'un de ces oiseaux, d'un tir net sur le cou. Le meilleur nageur allait le chercher avant qu'il ne coule. À cette saison, les vagues étaient très dangereuses et le jeune nageur était acclamé sur la plage en héros. Les enfants plumaient l'oiseau puis ils le faisaient mariner dans une bassine de bière. Ils revenaient le lendemain et allumaient un feu pour le cuire. Ferta participait à ces dîners mais ne touchait jamais au repas. Dans la maison où il avait grandi, loin de Dakar, le canard était un animal domestique dont le rôle unique était de déterrer les grigris à l'entrée du logis, ceux que les voisins enterraient pour jeter des sorts à sa mère. Le canard était pour Ferta un animal protecteur, un ami.

Un jeune séminariste aux cheveux longs aperçut l'oiseau à son tour et poussa un cri qui ressemblait à de la joie. Tous les visages se tournèrent vers la fontaine. Un petit mendiant y plongea tout habillé, escalada le bassin supérieur et se rua sur l'animal exténué. L'enfant en ressortit triomphant, tenant l'oiseau par le cou, ce qui bloquait à la fois sa respiration et ses cris. Le canard gesticulait sans bruit, offrant un terrible spectacle. Le jeune clerc aux cheveux longs s'avança vers l'enfant, attrapa le canard par les pattes et tenta de le lui arracher.

Horrifié, Ferta abandonna sa poubelle et s'avança, armé de son balai, pour les séparer. Mais le prêtre, arrivé avant lui, contourna son élève et lui asséna un violent coup de pied au ventre. En réponse, un autre enfant s'interposa et frappa l'agresseur à son tour. D'autres l'imitèrent aussitôt. Le prêtre, acculé, tentait de se défendre mais n'osait lâcher l'oiseau. Puis tout alla très vite. Les coups échangés furent d'une grande violence. Dès qu'un jeune clerc entrait dans la rixe, il était à l'instant même assailli par une dizaine d'enfants qui s'agrippaient à sa soutane. Chacun se mit à frapper à l'aveugle. La mêlée devenait délirante. Soudain, l'orage, qui menaçait depuis plus d'une heure, éclata. Un premier grondement, suivi d'une détonation puissante, et une pluie diluvienne s'abattit sur la place Saint-Sulpice.

L'eau qui tombait en trombes ne fit qu'accroître la confusion. Les coups des enfants et des séminaristes glissaient sur les visages trempés, des corps tombaient quand d'autres s'écrasaient sur eux. Ferta aperçut le canard, qui tentait d'échapper à l'étreinte du prêtre, lequel ne le tenait plus que d'une seule main. Il s'avança en hâte et, d'un coup de manche à balai, frappa à l'épaule. L'homme poussa un cri et lâcha sa proie.

Le canard s'envola avec peine, tant la pluie était dense et lui brouillait la vue. Le drone essaya de le suivre mais perdit bientôt de l'altitude. De l'eau s'écoulait de sa carlingue et ses hélices cessèrent brusquement de tourner alors qu'il n'était plus qu'à quelques mètres du sol. Pendant un bref instant où elle parut suspendue dans les airs, la vieille machine se figea, puis elle alla s'écraser sur le trottoir. Au moment de s'éteindre, elle eut le temps de donner les dernières informations dont les chasseurs avaient besoin. Déjà, ils arrivaient au pas de course depuis la rue Guynemer.

Lorsque se mêlèrent les deux foules, celle des chasseurs et celle des enfants, Ferta se sentit perdre pied. Il eut peur pour sa vie : une sensation qu'il n'avait plus ressentie depuis des années. Il ne savait trop s'il était encore conscient ; s'il avait imaginé ces chiens, ces ânes, cet homme mort à l'arrière d'un chariot, cette femme nue qui s'était allongée contre lui, ou encore ce canard... Si cette fête des fous qui se déployait était bien réelle. Il se détacha de ses agresseurs, fit de grands moulinets de son balai pour s'ouvrir un chemin et s'enfuit dans la rue du poème.

Ferta courait de toutes ses forces. Le bruit de ses pas dans les flaques rythmait sa cavale et les battements de son cœur. Son regard erra un instant sur le mur :

Dans les clapotements furieux des marées
... plus sourd que les cerveaux d'enfant
Je courus...

Il finit par tourner dans une ruelle et se cacha derrière une poubelle. Il vit la foule passer les yeux rivés au ciel. Venus remplacer le drone dont la carcasse gisait un peu plus bas, des chiens furent lâchés à la poursuite du canard, qui volait bas et de façon désorientée. Les poursuivants avaient le sang fouetté jusqu'à la transe. Leur cou était gonflé de veines et leurs dents enfin exhibées, sans retenue aucune. La chasse touchait à sa fin. Et les loups menaient les chiens.

CET APRÈS-MIDI-LÀ, Monsieur Pic s'éveilla de sa sieste un peu plus tôt, pris d'une envie nouvelle, une envie simple mais qu'il croyait révolue : celle de sortir dans la rue et de s'y promener. D'ordinaire, c'était dans son appartement qu'il se sentait le mieux. Il y vivait cloîtré depuis les *évènements*. À la suite de longues années rythmées par des deuils multiples dont il ne s'était jamais remis, Monsieur Pic était en proie à une lourde mélancolie qui le clouait au lit la plupart du temps. Il ne lui arrivait que très rarement de sortir, seulement la nuit, quand il était certain de ne voir personne. Il faisait alors le tour de son pâté d'immeubles, le plus vite possible, puis remontait dans ce grand appartement, sa forteresse.

Le seul à passer sa porte était le livreur qui lui apportait ses repas. Monsieur Pic continuait de se nourrir, « par hygiène ». Il ne lisait pas le journal, n'écoutait pas la radio. Il n'ouvrait plus aucun de ses livres ni n'écoutait un seul de ses disques. La musique, en effet, le ramenait de façon brutale à ses souvenirs. Une simple photographie pouvait suffire à lui faire regagner le lit, si bien que Monsieur Pic s'était résigné à un oubli total du passé. Il avait tenté plusieurs fois de détruire les lettres de sa femme, les diplômes de sa fille, les dessins de ses petits-enfants, mais il n'en avait pas eu le courage. Tout ceci se trouvait dans des boîtes posées sur les lits de la chambre au bout du couloir. Il n'y entrait jamais.

Si Monsieur Pic parvenait à échapper à ce passé enfermé dans une pièce reculée de son appartement, il lui était difficile de fuir un présent tout aussi sombre, et c'est pourquoi il passait la majeure partie de son temps à ne rien faire. La nuit, quand il ne dormait pas, il se gavait d'anxiolytiques qui provoquaient chez lui un léger balancement, presque agréable. Malgré les douches quotidiennes et les repas qu'il continuait de prendre, il était presque parvenu à l'oubli total de lui-même.

Et c'est pourquoi, ce jour-là, Monsieur Pic fut très surpris par l'étrange sensation qu'il éprouva au réveil, cette soudaine envie de sortir. Sûr que cette nouvelle humeur n'était qu'une éclaircie passagère, un accident heureux, il s'empressa toutefois de s'habiller. Il sortit sa veste favorite, un costume de tweed, resté au placard depuis des années, et choisit sa plus belle canne à pommeau.

Monsieur Pic se demanda où il allait commencer sa promenade. Il constata avec surprise que les rues étaient presque vides. Ses pas le portèrent au niveau du Pont-Marie, face à l'île Saint-Louis. Cela faisait bien longtemps qu'il n'était pas allé jusque-là et il se sentit d'une grande témérité. Il traversa le pont et parvint sur les quais. C'est ici qu'il avait emmené sa femme pour leur premier rendez-vous. Ils étaient étudiants. Ils avaient fait le tour de l'île, puis dégusté une glace chez *Berthillon*. Il se souvenait parfaitement de ce jour-là : la robe qu'elle portait, sa peau hâlée à son retour de vacances et le parfum de framboise que le sorbet avait déposé sur ses lèvres. Il balaya ses yeux d'un revers de main. Il faisait ainsi quand il se sentait hanté par un souvenir.

Aujourd'hui, quelque chose avait changé. Il le savait, car il ressentait une envie, devenue rare chez lui : celle de manger pour son plaisir. La boule qui s'était formée au creux de son ventre depuis des années, celle qui l'empêchait de vivre, semblait s'être soudain délitée. Monsieur Pic avait faim, faim de sucreries, et cela tombait bien : il n'était qu'à quelques pas du glacier.

– *Berthillon* ? Mais cela n'existe plus, lui dit la vendeuse. Vous ne saviez pas ? On a racheté l'établissement, avec mon mari, il y a au moins quinze ans.

Monsieur Pic haussa les épaules et commanda un sorbet aux fruits rouges. Une fois sur l'autre rive, après s'être essuyé la bouche, il jeta la fin de son cornet à un pigeon, ce qui était strictement interdit. Il constata qu'une nouvelle envie venait de surgir au fond de lui : celle de lire, et cela l'étonna plus encore que son désir de sucre. À son grand bonheur, il aperçut le casier vert d'une bouquiniste, le seul ouvert sur les quais, « peut-être à cause de la Toussaint », pensa le vieil homme. Il hésita entre *Le Grand Meaulnes*, qu'il n'avait jamais lu, et un petit recueil d'Apollinaire joliment relié. Il se rappela qu'un ami lui avait un jour emprunté ce même livre, dans la même édition, et ne le lui avait jamais rendu. L'exemplaire était abîmé mais de belle qualité, avec une couverture en cuir noir et des lettres dorées. Monsieur Pic l'acheta sans négocier le prix.

Ses jambes ne lui faisant pas trop mal, il décida de s'aventurer beaucoup plus loin. Il avait en tête de se rendre à *La Closerie des Lilas*, d'y commander le menu le plus fin et d'y lire le livre qu'il venait d'acquérir. Il trépignait de joie à l'idée de cette folie qui ne lui ressemblait pas. Pourtant, il était bien le même homme. Il venait simplement de revenir à la vie, ce jour-là et pas un autre, sans explication aucune. Il se sentait d'attaque, et même empli d'une force solaire et nouvelle. Il décida de remonter tout le boulevard Saint-Michel à pied, comme Apollinaire en son temps qui, chaque lundi, n'hésitait pas à traverser Paris depuis Montmartre pour se rendre à *La Closerie des Lilas*, où il dînait, dit-on, avec un appétit d'ogre.

Au niveau de la fontaine, le sol était jonché de bouteilles et de déchets. Quelque chose de grave s'était passé là. Sachant que les manifestations étaient interdites, le vieil homme ne comprenait pas. Il se dit que, pour une fois, il ferait bien d'acheter le journal. Mais il ne trouva aucun kiosque ouvert.

Le boulevard Saint-Michel était tout aussi désert. Il ne croisa que trois personnes : une jeune femme en long manteau, puis, au niveau du jardin du Luxembourg, un grand homme noir, dans sa tenue de balayeur, qui regardait le ciel ; et enfin, peu avant d'atteindre Port-Royal, un autre vieux, qui descendait le boulevard en sens inverse et qui salua Monsieur Pic en soulevant son chapeau.

Ce geste lui déplut. Peut-être parce que l'homme au chapeau lui ressemblait un peu, peut-être aussi parce qu'il n'aimait pas l'idée que cet inconnu l'ait salué au seul prétexte qu'ils avaient le même âge, comme si « être vieux » signifiait que l'on appartenait à une même caste.

Juste avant d'atteindre Port-Royal, un violent orage éclata. Monsieur Pic s'abrita sous le porche d'une banque et attendit. La pluie cessa au bout de dix minutes, sans avoir assombri son humeur. Le vieil homme respira la fraîcheur qu'elle libérait. Un parfum métallique accentua sa rêverie.

À *La Closerie des Lilas*, Monsieur Pic constata encore, avec déception cette fois, que le propriétaire avait changé. Il colla son front à la vitre. Les tables étaient vides pour la plupart, mais quelques clients buvaient de la bière ou une infusion. Les yeux du vieil homme se posèrent sur le seul enfant présent, une fillette au visage couvert de taches de rousseur, aux lèvres légèrement bleutées, en compagnie d'une femme trop jeune pour être sa mère. L'enfant avait les yeux ailleurs. Elle sentit son regard et lui fit un rapide bonjour. Monsieur Pic lui répondit, se retournant pour cacher son émotion. « Il est trop tôt pour dîner », se dit-il.

LES ARBRES ET LES TROTTOIRS SCINTILLAIENT. Monsieur Pic alla s'asseoir sur le premier banc à peu près sec qu'il put trouver. Devant lui se dressait la statue du maréchal Ney, érigée à l'endroit même où il fut fusillé. Monsieur Pic s'apprêtait à ouvrir son livre, lorsqu'il vit un grand oiseau noir se poser sur l'épaule de la statue. Il crut reconnaître un canard.

À peine commençait-il à s'émerveiller d'une telle apparition que le vieil homme entendit un bruit sourd. Il vit l'oiseau écarter les ailes pour s'envoler, puis rester suspendu quelques instants dans les airs et retomber au sol. Les passants se tournèrent vers la scène. Une femme entra dans une cabine téléphonique pour donner l'alerte.

Monsieur Pic comprit qu'on venait d'abattre l'oiseau. Il avait reconnu le bruit d'une détonation. Abasourdi, il se retourna vers le coupable, qui approchait à grands pas, portant à l'épaule son arme encore fumante. Un fusil ancien, à la crosse d'argent gravé.

– Espèce de criminel ! Pauvre imbécile ! Pourquoi as-tu fait ça ? hurla-t-il au moment de saisir le chasseur par le col.

L'homme devait être âgé d'une quarantaine d'années. Il avait les cheveux courts et ses yeux étaient vides. Il repoussa Monsieur Pic, qui tomba à la renverse, juste à côté de l'oiseau.

Bien que couché sur le dos, le vieil homme étendit le bras pour palper l'animal. Celui-ci vivait encore. Monsieur Pic lui glissa une main sous le ventre et le canard se dressa tant bien que mal sur ses pattes. Monsieur Pic lui donna un petit élan et l'oiseau, puisant dans ses dernières forces, parvint à s'envoler. Le chasseur tira une seconde fois et le manqua.

Toujours étendu sur le sol, Monsieur Pic vit passer une foule d'hommes, de femmes, d'enfants, d'ânes et de chiens. Mis à part ces derniers, qui le reniflèrent au passage, personne ne le remarqua, et personne ne l'aida. Il leva les yeux vers la statue du maréchal Ney, tout aussi ignoré que lui et qui semblait, sabre levé, vouloir leur fermer la route. La foule hystérique s'engouffra dans le boulevard Montparnasse, laissant derrière elle des papiers gras, des bouteilles vides et des éclats de verre.

Le silence retomba. La petite Sarah, qui avait assisté à toute la scène depuis l'intérieur de la brasserie, sortit dans la rue et se dirigea vers ce vieil homme qu'elle avait salué un peu plus tôt. Il était maintenant à genoux. Sa veste était crottée. Elle le vit se redresser, jambes vacillantes, main droite crispée sur le pommeau de sa canne. Il resta immobile quelques secondes, pour tenter de reprendre son souffle. Puis il s'effondra. Il n'était plus qu'un amas de chiffons.

Sarah se pencha vers lui. Les yeux de Monsieur Pic étaient grand ouverts. Les doigts de sa main gauche, d'une blancheur anormale, étaient recroquevillés autour de ce qu'il restait d'un petit livre noir et doré.

Le canard, lui, n'était que blessé. Même s'il souffrait, il se sentait monter une ultime énergie qui masquait la douleur et prenait le contrôle de tout son corps. Il volait mal, très bas et du mieux qu'il pouvait. Par moments, ses yeux se fermaient et il se propulsait dans un état semi-conscient, comme le font les oiseaux migrateurs.

Il perdait tout de même de l'altitude. La foule, qui le suivait en courant, se réjouissait déjà de le voir bientôt s'écraser au sol.

Mais le canard changea de trajectoire. Au lieu de continuer au-dessus du boulevard Montparnasse, il obliqua vers les rues étroites qui entourent le petit quartier du métro Edgar-Quinet.

Une frustration de plus en plus palpable gagna la foule. Le soir allait bientôt tomber, sans la fraîcheur de l'orage, trop court, ni la capture de ce maudit oiseau. À la radio, les appels de témoins vinrent remplacer les informations du drone. Un homme signala qu'il avait vu le canard du côté de la rue de la Gaîté. C'était la seule et dernière nouvelle dont la foule disposait. « La chasse a assez duré, fit le présentateur, d'une voix nerveuse qu'on ne lui connaissait pas. Le président attend. »

Obéissant à leurs postes de radio, les poursuivants atteignirent la rue de la Gaîté, qu'ils remontèrent et redescendirent plusieurs fois. Ils se bousculaient, furieux de constater que le canard leur échappait encore. Jamais la Grande Chasse ne s'était terminée aussi tard. Jamais elle n'avait été aussi laborieuse. La foule semblait désorientée. Les chiens, exténués, avaient cessé d'aboyer. Les étudiants ne chantaient plus. Les voix s'étranglaient pour laisser place à un épais silence.

Ils auraient pu ainsi la parcourir longtemps encore, cette rue de la Gaîté, sans trouver le canard. Car il était chez moi.

JE NE SAURAIS DIRE pour quelle raison le canard choisit de venir se poser sur l'appui de ma fenêtre. Sans doute parce qu'elle devait être l'une des rares restées ouvertes pendant l'orage.

Quand celui-ci éclata, de retour chez moi, j'étais en train de m'assoupir, satisfait par ma décision de repousser au soir le moment de me mettre au travail. D'une oreille, j'écoutais la radio et j'apprenais, plutôt amusé, que la fête tournait au fiasco. Le canard donnait semblait-il du fil à retordre à ses chasseurs, et je crus même comprendre que la radio nationale venait de perdre son dernier drone. Je ne pus que sourire à cette nouvelle, pas mécontent de la tournure que semblait prendre cette journée. Je fermai les yeux, et tout en écoutant le martèlement des premières gouttes sur le toit, mes pensées se muèrent peu à peu en un début de rêve. Et j'en oubliai de fermer la fenêtre.

Le canard ne m'avait-il pas aperçu ? ou bien voyait-il

que je ne bougeais pas ? Je l'ignore. Tout ce que je sais, c'est qu'un bruissement d'ailes me tira de mon demi-sommeil. J'ouvris les yeux et reconnus l'oiseau, le héros noir de cette journée. Je restai bouche bée.

Le canard s'était maintenant posé sur ma bibliothèque. La pluie avait un peu faibli. Au contact de l'eau sur les toits, un parfum de pétrichor se répandait dans la pièce : l'odeur d'après l'orage, celle de la pierre et du sang des dieux. Gardant la tête froide, je continuai à faire semblant de dormir. Je réfléchissais. Les plumes blanches au croupion de l'oiseau étaient tachées de rouge. Ses yeux, comme les miens, étaient à demi clos. Il semblait sur le point de mourir. Peut-être était-ce pour cela qu'il était venu se cacher chez moi ?

Je restai allongé. Je me sentais tiraillé : moi qui – peut-être vous en souvenez-vous – avais fait le choix de me livrer tout entier à ce qu'il reste encore de bonheur quotidien ; moi qui, rappelez-vous, tentais de vivre chaque jour et chaque plaisir comme si la Mort m'attendait au détour du suivant ; et voilà qu'un plaisir de taille était juste à portée de ma main. Je repensai aux confits de canard que je mangeais enfant, avec des pommes sarladaises. Je me demandai à quand remontait mon dernier repas de viande. À un mois environ ? C'était du mouton, je crois. Du vieux mouton. Une vraie semelle, qui m'avait coûté les yeux de la tête. Et aujourd'hui, un canard ? Je me devais de saisir cette chance.

Le canard, immobile, ne semblait plus conscient

de rien. « Puisqu'un sombre idiot lui a tiré dessus… puisqu'il est déjà presque mort, il serait sot désormais de ne pas capturer l'animal pour l'apporter à la Tour d'Argent… » Tel était le fond de ma pensée. Certes, je n'avais pas participé à la chasse. D'une certaine façon, je le savais bien, je ne méritais pas cet oiseau ni ce dîner d'exception. Mais que pouvais-je y faire ? J'avais de la chance, et voilà tout. Il y a des gens qui gagnent à la loterie du premier coup. À mon tour, maintenant. Nous verrions bien si, après cela, je recevrais une petite visite de la Malchance. Je prendrais mon vélo – à pied, on pourrait me voler l'oiseau. À travers les rues désertes, j'y serais en moins de vingt minutes.

Demeurait un problème qui me vint tout de suite à l'esprit : je devrais subir la compagnie du président, devant une foule de journalistes, pendant toute la durée du repas. Je m'imaginais tous ces hommes me regardant manger, me posant des questions personnelles, ce qui gâcherait mon plaisir. Je devinais déjà la conversation avec mon convive, sans doute pire que celle de l'ivrogne au bistrot, ce midi. Je le voyais bien, notre bon président, choisir les magrets et me laisser les cuisses, voire pire. Tout ceci sans parler de la piquette qu'on m'offrirait à la fin du repas, avant même le dessert, en me poussant vers la sortie. J'éprouverai alors, sans aucun doute, le sentiment étrange de me faire botter l'arrière-train. Comment allais-je me sentir, en rentrant seul chez moi, dans ma mansarde ?

Mais je devais prendre en compte une considération plus important encore : l'octroi de vingt beaux millions de francs-neufs. J'imaginai tous les plaisirs que je pourrais me payer avec une telle somme et me levai pour fermer la fenêtre. Le canard était pris au piège, je n'avais plus qu'à l'attraper. Ce qui, au vu de son état, n'allait pas être bien difficile.

L'OISEAU N'ÉTAIT PLUS EN ÉTAT DE VOLER, mais il ne se laissa pas prendre aussi aisément que cela. Il parvint jusqu'au bord de la bibliothèque, perdit l'équilibre et tomba.

Il gisait sur le tapis, ne bougeant presque plus. Enfin, il se livrait à moi, comme le cerf brisé de fatigue s'abandonne aux chiens. Il semblait vouloir mourir. Maintenant et pour de bon. Je le regardai et me dis, avec tout de même un peu de peine, que son heure n'était pas encore arrivée. Il lui restait à affronter l'étouffement, le four, le couteau, la presse d'argent... En attendant, je n'avais plus qu'à me baisser pour le saisir. Mais en le voyant là, sur mon tapis, les plumes ensanglantées, je fus pris de pitié. Je n'avais pas ressenti un tel sentiment depuis très longtemps. Je m'étais endurci, au fil des ans. Car telle était la règle. Telle était la seule façon de vivre, aujourd'hui.

Oui, c'était bien cela : je ressentais une vraie pitié

à l'égard de cet oiseau, assortie d'une pitié amère envers moi-même qui, je dois le dire, ressemblait fort à du mépris. La pitié est une effusion dangereuse : elle déclenche des mécanismes qu'on ne contrôle pas. C'est d'ailleurs la raison pour laquelle je ne me laisse que rarement gagner par elle.

Je m'agenouillai au beau milieu de ma chambre... Voilà que tout d'un coup, je repensais à mon enfance, aux colverts du bassin des Tuileries, à ma mère et aux comptines qu'elle me chantait. « Le canard a dit à sa canne... » Et quelle était la suite, déjà ? « Ris, canne ! Ris, canne... » Oui, c'était cela. Ou encore cette autre chanson. Celle d'une jeune hirondelle s'apprêtant à quitter le nid. « Courage, dit sa mère. Ouvre ton aile au vent. » Ces mots me revenaient de plein fouet, après quarante années d'oubli : « Je suis comme l'hirondelle, je vais vers l'avenir. La vie me sera belle. Adieu soyez fidèles. Gardez mon souvenir. »

Mon esprit, emballé telle une bobine en surchauffe, continuait de faire défiler à une vitesse folle quantité d'éclats de mon passé. J'étais accablé de paroles, de ces rires, de ces pleurs que je m'étais évertué à oublier. Mais le temps ne les avait en rien émoussés et leur intensité accroissait ma souffrance.

Soudain, je me retrouvai quelques jours avant la première vague de l'épidémie. Ce n'était que le tout début. On ne savait rien encore de ce qui se passait ni de ce qui allait nous arriver. Bientôt, des gens allaient mourir dans les rues et personne n'oserait ramasser leur dépouille. Ce jour-là, j'étais sorti de cette même chambre d'étudiant où je vis encore. Je révisais mes examens. Parti m'acheter des cigarettes au bureau de tabac, j'ignorais qu'il s'agissait de ma dernière sortie pour les mois à venir. À trente pas de chez moi, une étrange scène avait attiré mon regard. Une vanité discrète et macabre. Au-dessus d'une grille d'égout, sur un tas de feuilles pourrissantes, se trouvaient trois oisillons. Les plumes trempées, les yeux fermés, le bec ouvert. Trois moineaux côte à côte, comme si quelqu'un les avait posés là. Je me souviens de l'inquiétude qui me gagna. Moi qui pourtant n'étais pas superstitieux, je ne pus interpréter cette scène que comme un présage funeste. Et je fus terrifié de constater, dans les jours qui suivirent, à quel point cette intuition était juste.

Les années passèrent. Et j'oubliai, à force de volonté, les trois petits moineaux de la rue de la Gaîté. Cette lutte acharnée pour tout effacer était d'usage, pendant les *évènements*. Il fallait « tourner la page ». Oublier nos larmes et nos fosses communes. Tel était « l'esprit du temps ». Aujourd'hui, face à ce canard en train d'agoniser sur le tapis de ma chambre, je comprenais à quel point nous avions échoué. Et en le fixant de mon regard désolé, je repensais à tout. Dans le désordre le plus total.

À mon innocence et à ses funérailles. À ma jeunesse

sacrifiée. À tous ces visages disparus. Il me sembla que cette bête blessée, auprès de moi, incarnait toute la souffrance d'un passé qui ressurgissait, intact. Il me parut aussi que j'avais changé. Même si cette vague me ramenait, contre mon gré, au temps de l'insouciance brisée, à la brutale sortie de mon adolescence, je n'étais pas tout à fait revenu à ce que j'étais il y a vingt ans.

J'avais plutôt l'impression d'être un homme nouveau, ce qui n'avait rien de rassurant. Tout ce qui jusque-là formait mon squelette venait de se désagréger. Le personnage que je m'étais construit au fil des années était emporté et je ne reconnaissais pas celui qui l'avait remplacé. Moi qui avais tant fait pour gagner un contrôle constant sur ma personne, voilà que soudain je ne savais rien. J'étais inquiet, comme au commencement de ma vie. Vierge, me disais-je, comme au premier matin du monde. Je ne me reconnaissais plus et, pour un peu, j'en aurais pleuré. Jusqu'alors, je me sentais bien dans ce costume d'homme de mon temps, et voilà que je me trouvais soudain nu et sans repère. J'avais peur, comme un enfant perdu dans la forêt.

Comment la vision d'un simple canard avait-elle pu déclencher un tel bouleversement ? Je l'ignore et, aujourd'hui encore, je cherche. Ce n'était qu'un oiseau, avec un œil rond, un gros ventre et de courtes pattes, en rien doté de pouvoirs surnaturels. Alors pourquoi ? Était-ce parce qu'il était si rare de voir un tel animal ?

Parce qu'il semblait revenir d'un passé déjà lointain, témoin d'une autre vie ? Passeur entre deux mondes ?

Sans chercher à en savoir davantage, je pris délicatement le canard entre mes doigts. Il avait perdu connaissance. Je sentis son cœur qui battait dans ma main, la chaleur de son corps et la douceur de ses plumes. Et je compris que lui venir en aide revenait à me sauver moi-même. Moi et tous mes semblables, ceux dont le sort me laissait jusque-là indifférent.

IL ME FALLUT PRÈS D'UNE HEURE pour retirer les plombs, à l'aide d'une petite pince et d'un coton imbibé d'alcool. Le canard était si affaibli que j'eus plusieurs fois peur qu'il y passe. Mais il tenait bon. L'opération terminée, je le laissai dormir et augmentai un peu le volume de la radio.

Le préfet de Paris était en train de faire une déclaration. Il empruntait pour cela un ton neutre, mais dans lequel on décelait une ombre de peur. Il demandait à la population de rentrer chez elle. Si le canard n'était pas retrouvé sous une heure, les cloches de la ville sonneraient le glas. La somme promise au vainqueur serait offerte à l'Église. En me rendant à la fenêtre, je vis la foule rassemblée dans la rue, compacte et statique. Elle finissait d'écouter l'annonce et criait sa colère. En face, sur les toits, des silhouettes se dessinaient dans la lumière du soir. Les chasseurs refusaient d'abandonner la poursuite. Ils investissaient désormais jusqu'au faîte des immeubles, en une recherche effrénée de l'oiseau fugitif.

Je fermai les rideaux et retournai à mon passager clandestin. Il venait de se réveiller. Je lui donnai un peu de biscotte, qu'il refusa. Il accepta l'eau puis s'endormit à nouveau. Son pouls battait à un rythme plus rassurant. Sa température avait baissé. Il reprenait des forces, et moi, je réfléchissais à la manière dont j'allais pouvoir le sauver.

Il n'existait aucun lieu où le canard puisse être en sécurité. Mais, brusquement, je repensai au livre feuilleté le matin même : les dessins ramenés de l'ancienne Irlande. Oui… juste de l'autre côté de la Manche, il y avait l'Angleterre et, plus loin, l'île Morte. Il me restait cette option : le mener jusqu'à la côte. Après, ce serait à lui de trouver la bonne route. Il devrait se débrouiller seul et tenter de rejoindre la mer d'Irlande.

La gare la plus proche était Montparnasse et le dernier train pour la côte partait dans moins d'une heure. D'après les informations, ce train pour Granville avait l'avantage d'être direct, automatique et sans chauffeur. Un bijou du passé, encore en très bon état de marche. Ce convoi express était le meilleur moyen de rejoindre la mer, ainsi que la dernière chance pour sauver l'oiseau dont j'avais pris la charge. Cette mission que je m'assignais soudain continuait de m'étonner. Me donner autant de mal pour un autre – un animal, qui plus est – n'était pas dans ma nature. Je sentais pourtant que je faisais le choix juste. À toutes les questions qui venaient jusqu'à moi, c'était mon unique réponse, ma seule certitude. Une évidence primaire. L'union avec le monde sauvage. La même, peut-être, qui au premier jour anima cet être-là, lorsqu'il recouvrit la voûte d'une caverne de troupeaux fantastiques.

Je jetai dans un sac de voyage quelques chemises, des effets de toilette, mes papiers et un peu d'argent. Vingt ans que je n'avais pas fait de valise.

Puis je déposai l'oiseau encore inerte dans une boîte à chaussures percée de quelques trous. Elle était un peu trop étroite pour sa taille. Le canard ouvrit un œil et poussa un cri quand je refermai le couvercle. Cela devait lui rappeler le gavage qu'il avait subi. Mais je n'avais pas d'autre choix. Je plaçai la boîte dans mon sac et sortis sur le palier. Dans l'escalier, je sentis le corps du canard bringuebaler contre moi et perçus de tout petits hoquets, semblables à des râles.

Dans le hall du rez-de-chaussée, je marquai un temps d'arrêt avant de franchir la grande porte cochère qui me séparait de la rue. J'entendais et devinais les chasseurs, les étudiants, les hommes et les femmes, les enfants et les chiens. J'avais peur pour moi et pour mon oiseau. Je savais qu'au moindre bruit de sa part, il serait perdu. Un pétard explosa de l'autre côté de la porte, suivi de quelques cris. Le canard gigota dans mon sac. À la seconde pétarade, il se mit à cancaner avec force. Il avait reconnu la foule. Le bruit de ces prédateurs qui l'avaient poursuivi tout le jour. Il avait peur que je le livre à eux, il n'était pas sûr encore de ma bonne foi. Mais ce dont j'étais certain, moi, c'est que je ne pouvais sortir dans la rue sans nous faire prendre. L'heure tournait. Plus que cinquante minutes. À court d'idées, je finis par me décider à sortir malgré tout. Tenter le coup. Courir jusqu'à la gare. Me battre s'il le fallait.

Par chance, un cliquetis discret en provenance de la loge de la concierge me dissuada de me jeter dans ce guêpier. La porte s'ouvrit et la toute petite Madame Gracia me fit signe d'entrer. Je ne voyais pas son visage, mais ma peur se dissipa. Je sais qui elle est : une femme d'une grande bonté, un être rare en ce monde et dont je ne mérite pas l'amitié. Certain qu'elle m'aiderait, je me ruai chez elle.

ELLE NE DIT RIEN, se mettant simplement à éteindre une à une les lumières de sa loge. Pourtant il faisait encore clair, enfin presque. Les jours d'automne sont très longs. Je n'ai jamais compris pourquoi. Je m'assis sur un large fauteuil : celui où je prenais place quand je venais lui rendre visite. Je réalisai cependant que je n'étais pas entré ici depuis des mois... voire des années. Même envers l'unique personne que j'estimais sincèrement, j'étais donc capable d'une telle négligence ? Mais qui étais-je donc devenu ?... Pour la première fois depuis longtemps, j'avais l'impression d'observer le reflet de mon visage dans toute sa netteté et dans toute sa laideur. Ma belle gueule, ma sale gueule... Madame Gracia ne laissa qu'une seule lampe allumée et vint s'asseoir face à moi, entre des cartes de tarot et une bouteille de porto. J'attendis qu'elle me parle.

– Le canard, il est dans votre sac.

– C'est vrai… répondis-je sur le ton de l'aveu. Vous l'avez entendu, c'est cela ?

– Oui. Et surtout, je l'ai vu entrer chez vous tout à l'heure… en allant sortir les poubelles. Il avait l'air bien mal.

– Il est blessé. Quelqu'un lui a tiré dessus. Mais je l'ai soigné, il va mieux.

Madame Gracia demanda à le voir. Je pris mon sac et en sortis la boîte, toute de travers. Quand je l'ouvris, le canard étendit le cou et se remit à nasiller. « Pauvre bête… », murmura Madame Gracia en le prenant dans ses mains, ce qui fit taire l'animal. Alors que je la regardais faire, je remarquai les innombrables traces de griffes sur le fauteuil. Je me souvins que lors des *évènements*, Madame Gracia avait recueilli les chats et chiens errants du quartier. Tous ceux qui avaient perdu leurs maîtres ou qui avaient été abandonnés quand il avait fallu partir à la hâte. Autrefois, cette loge était pleine d'animaux. Depuis, tous étaient morts de vieillesse. Je ne le réalisai que maintenant, et me dis que Madame Gracia devait se sentir bien seule. Une fois encore je m'en voulais de lui avoir manqué, mais j'étais heureux, rassuré d'être là, avec elle. Voyant que je ne disais rien, elle demanda :

– Alors, dites-moi, où comptez-vous l'emmener, ce pauvre canard ?

– Je vais le libérer demain matin sur la côte, s'il est capable de voler.

– Et s'il en est incapable ?

– Je ne sais pas. J'aimerais prendre le dernier train pour Granville. Il part dans une quarantaine de minutes. Je ne pense pas y arriver. Il y a trop de monde dehors, et le canard est trop agité.

D'un air songeur, Madame Gracia se mordit l'intérieur des joues, puis elle se leva de sa chaise.

– Ne bougez pas.

Elle revint de la cuisine avec un flacon, une boîte de cachets et un panier d'osier – un de ces gros paniers à couvercle d'un autre temps.

– Tenez, c'est celui que je prends lorsque je vais ramasser des mûres dans la forêt de Fontainebleau. Parfois, il m'arrive de trouver des fleurs, des champignons… mais pas d'animaux comme celui-là, ça je vous l'assure.

Sans perdre de temps, Madame Gracia disposa un petit coussin au fond du panier et y installa le canard.

– Voilà, fit-elle en souriant, il y sera mieux.

– Et les cachets ?

– Ce sont des somnifères.

– Mais… Madame Gracia, ils risquent de le tuer…

– À petite dose, non. Je sais de quoi je parle, j'en donnais à mes animaux. Beaucoup étaient dépressifs, vous savez. Je les leur donnais dans du lait pour les faire dormir. Pour le canard, vu son poids, je vais mettre la même dose que pour mes chats.

Elle prit un quart du cachet et l'écrasa sur la table avec

son pouce. Puis elle versa la poudre dans le flacon. À ma surprise, je vis le canard accepter de se laisser nourrir.

– Vous verrez, dit-elle en refermant le couvercle du panier. Il ne va pas tarder à s'endormir et vous pourrez attraper votre train… Un porto avant la route ?

J'acceptai et le bus d'une seule traite. Je me sentis mieux. Madame Gracia me prit dans ses bras. Pour un peu, on aurait dit qu'elle me disait adieu. Et, sans raison, il me sembla que le geste était approprié. Pourtant, je prévoyais de rentrer dès le lendemain, une fois ma mission accomplie. Je lui promis, peut-être pour me rassurer, de lui rapporter son panier et un cadeau de Normandie. Elle me sourit.

Avant que je ne sorte, Madame Gracia attrapa une bouteille en plastique en forme de Vierge et déversa une partie de son contenu sur le sommet de ma tête. C'était de l'eau de Lourdes, qui à en croire sa couleur et son odeur, était là depuis longtemps. Ce geste me rappela ma mère. Elle faisait la même chose lorsque je partais en voyage. Mais avec l'eau du robinet, qu'elle me jetait en plein visage. Je trouvais cela ridicule, à l'époque.

La dernière fois qu'elle exécuta ce geste fut aussi la dernière fois que je la vis. Ce jour-là, ni elle ni moi n'avions ri. Son regard était grave. C'était quelques jours après l'augure des trois oisillons de la rue de la Gaîté et le début des *évènements*. Elle avait fait le choix de partir dans le Sud de la France. Je restai à Paris pour mes examens. Je n'ai jamais su quelles furent les circonstances exactes de sa mort. À vrai dire, elle ne me fut jamais confirmée. Beaucoup de gens disparurent de la sorte, à cette époque.

L'eau bénite de Madame Gracia ruisselait de mes cheveux et coulait sur mes joues. Je me dis que c'était le bon moment pour pleurer. Qu'on ne devinerait pas mes larmes. Voyant mon émotion, la petite femme me prit une seconde fois dans ses bras.

– Allez, allez, il faut partir maintenant.

Je fis oui de la tête, tournai les talons et me dirigeai vers la porte cochère. Je respirai un bon coup et sortis d'un pas inquiet. Dehors, il y avait encore beaucoup de monde dans les rues. Pas après pas, je tentai de me frayer un passage parmi la foule et me rapprochai de la gare. Il me semblait que tous les regards étaient tournés vers moi. Car le panier d'osier, certes plus confortable pour le canard, manquait vraiment de discrétion.

J'avançais en m'efforçant de prendre un air naturel. À mon grand soulagement, personne ne m'arrêta et nul bruit ne sortit de mon panier. Aucun chien ne flaira la trace du canard. J'étais parvenu en haut de la rue de la Gaîté et déjà, sur ma droite, j'apercevais l'entrée de la gare Montparnasse.

LA GARE ÉTAIT PRESQUE VIDE mais mon train était annoncé. Il partait dans quatre minutes et, toujours d'un pas lent et aussi décontracté que possible, je me dirigeai vers l'escalier mécanique menant à mon quai. C'est alors que la Malchance se manifesta.

Deux agents de sécurité discutaient devant le mécanisme. Au moment où j'arrivai à leur hauteur, comme je le redoutais, l'un des agents – le plus grand – s'avança vers moi.

– Laissez-passer, Monsieur ?

Les contrôles étaient fréquents et servaient bien souvent à combler l'ennui des vigiles. Je les savais mal payés et faciles à corrompre. Quand l'agent me demanda d'ouvrir mon panier, je souris et sortis mes papiers. L'homme les examina puis me les redonna. Je m'empressai de les remettre dans ma poche. L'autre agent, plus petit, à la peau très grise et aux dents gâtées, s'avança. Il avait la mauvaise gueule d'une racaille en uniforme. Je compris que mon cas ne s'arrangeait pas.

Il me fit signe d'ouvrir mon panier et, d'instinct, je reculai.

– Alors, on fait du marché noir ? Tu caches quoi, là-dedans ? dit-il en changeant très nettement de ton, dévoilant un sourire repoussant. Contrebande ? Came ? Cigarettes ? Vas-y, accouche, j'ai pas toute la nuit.

Je brandis un billet de cinquante mille francs-neufs. L'homme l'empocha et sortit sa matraque.

– Je te laisserai passer quand tu auras ouvert ton cabas.

Je sentis un mouvement dans le panier. Le canard se réveillait, en même temps que ma panique. L'homme revint à la charge et réussit cette fois à attraper l'anse. Je résistai. Puis tout s'accéléra. Tout d'un coup, un « coin-coin ! », le cri de mon canard, résonna dans la nef de la gare. Les agents sursautèrent. Sur le quai voisin, j'aperçus des voyageurs qui tournaient la tête dans notre direction.

Le petit homme pivota vers son collègue :

– Bon sang, il est là-dedans…

Il écrasa le bout de sa matraque contre ma joue :

– Petite merde que tu es, tu allais où, au juste, avec ce canard ?

Je ne répondis rien.

J'avais vu s'avancer le groupe de voyageurs, qui n'était plus qu'à quelques mètres de nous. Ils étaient de plus en plus nombreux. Les deux agents avaient refermé les doigts sur la crosse de leurs armes, sans dégainer. Le plus petit m'arracha mon panier des mains et le posa entre ses jambes.

– Messieurs-dames, votre attention s'il vous plaît…, fit-il d'une voix hésitante. Nous venons d'interpeller cet homme qui tentait de fuir avec le canard. Nous vous demandons de reculer, de sortir du périmètre de la gare, nous allons relâcher l'oiseau sur le parvis.

– Menteurs ! cria une voix invisible dans la foule. Ils vont le garder pour eux !

Cette fois, les deux agents braquèrent leurs armes vers les hommes du premier rang, ce qui ne fit qu'aggraver la situation. Mon train allait partir. Je n'avais plus le choix. Je fis un pas de côté, attrapai l'anse d'osier et filai à toutes jambes dans l'escalator. Cela s'appelle tenter sa chance.

Le tapis roulant me donnait une impression de vitesse si folle que je manquai plusieurs fois de tomber. Le panier volait dans les airs et je sentais le corps du canard qui ballottait à l'intérieur. Il poussait des cancanements très faibles, couverts par les hurlements de ceux qui nous poursuivaient.

Le long du quai, je vis le train au départ, et le contrôleur, sifflet à la bouche. Il aidait une vieille femme à monter ses bagages. J'accélérai encore sur les derniers mètres qui me séparaient des portes de la première voiture. Le sifflet retentit.

J'eus tout juste le temps de me retourner une dernière fois. Je sautai dans la voiture et jetai le panier d'osier sur le porte-bagages avant de faire volte-face vers la porte pour en bloquer l'accès.

Un groupe d'hommes était arrivé jusqu'à moi ; ils étaient trois, quatre peut-être. Le premier avait déjà posé un pied sur le marchepied. Démuni, à court d'idées, je me mis à crier. Un cri comme je n'en avais jamais poussé et qui me surprit moi-même. Un cri qui me venait de je ne sais où. Un cri que j'aurais dû pousser bien avant, depuis tant d'années, aussi strident que le sifflet du contrôleur. Un hurlement effrayant, capable de faire reculer mes agresseurs au moins pour le court laps de temps qui permit à la porte de se refermer, dans un grand bruit d'air comprimé.

Le train se mit en marche. De l'autre côté de la vitre, les hommes couraient le long du quai. L'un d'eux tapait sur la fenêtre avec son poing. Un autre tentait de s'agripper au marchepied, en vain. Le train prenait de la vitesse. Je vis leurs silhouettes disparaître au loin. Je crus entendre quelques coups de feu, et puis plus rien. Ne restaient que le calme retrouvé, le bruit régulier des roues glissant sur les rails, tandis que le train s'enfuyait dans la nuit.

JE ME RUAI SUR LE PANIER. Je craignais que cette course-poursuite n'ait anéanti les dernières forces de l'oiseau. Je n'avais qu'une peur, celle de le retrouver raide mort sur le coussin de Madame Gracia. Je m'apaisai en voyant le canard simplement endormi. Je refermai le couvercle et partis inspecter les autres voitures.

Presque toutes étaient vides. Ce n'est que dans la troisième que je reconnus la vieille femme, celle que le contrôleur avait aidée à monter. La tête penchée sur son tricot, elle enfilait les mailles avec lenteur. Lorsque je passai devant elle, elle ne leva même pas les yeux. Elle ne me parut une menace ni pour moi ni pour mon oiseau. Au moment de franchir le sas qui me menait à la quatrième voiture, je ressentis un grand vide autour de nous et, pourtant, j'étais heureux de cette échappée qui, à mesure que le train avançait, prenait des airs d'aventure.

Je choisis un carré et posai le panier sur la table. Le long de la voie ferrée défilaient des lumières jaunes, des entrepôts pareils à des boîtes géantes, des immeubles endormis. La lointaine banlieue de Paris, bientôt, laisserait place à la rase campagne. J'aperçus, jaillissant d'un champ de terre, d'immenses tours en treillis d'acier reliées les unes aux autres par des fils suspendus. Dans la pénombre naissante, ces pylônes empruntaient la silhouette de quelque diable. Une colonne de monstres immobiles et dressés, prêts à se mettre en marche au premier son de corne.

Soudain, à l'autre bout de la voiture, une voix de femme résonna. Elle venait du sas où se trouvent parfois des téléphones publics. Ma respiration s'accéléra et je me levai. J'avais mal inspecté les lieux, ou bien je voulais tant être seul que mes yeux avaient refusé de la voir. Et si elle, elle m'avait vu ? Et si elle était en train d'appeler Paris afin de nous livrer à la foule, mon oiseau et moi ? Notre train devait passer par de nombreuses gares sur le trajet. Il n'était pas censé s'y arrêter, mais chaque voiture était munie d'un signal d'alarme. Il ne me restait plus qu'à espérer que la femme ne chercherait pas à l'actionner à la prochaine station. Je n'osais imaginer le sort qui me serait alors réservé, mais je n'avais aucune difficulté à entrevoir celui de mon compagnon.

Sa communication terminée, l'inconnue revint s'asseoir, sans paraître me prêter attention. Un peu plus tard, je la vis se lever pour rejoindre les toilettes situées entre les deux voitures. C'était une jeune femme d'une trentaine d'années, plutôt jolie. Je sentis son regard quand elle passa à côté de moi. Je fis mine de regarder par la fenêtre, bien que la nuit fût profondément noire. Le temps qu'elle prit pour revenir me parut suspect. Chaque seconde qui passait confirmait mon intuition : d'une façon ou d'une autre, elle *savait*. Elle avait dû m'apercevoir à la gare. J'ignorais comment, mais je sentais, j'avais la certitude d'être démasqué. J'avais deviné qu'en regagnant sa place, elle viendrait m'aborder. Rien n'est plus net ni plus mystérieux que l'instinct.

– EXCUSEZ-MOI ?

Certes, je m'attendais à ce qu'elle me parle, mais sa voix me fit sursauter. Je levai les yeux vers elle. Je vis mes mains entourer malgré moi le panier d'un geste protecteur. J'aurais bien aimé disparaître, avec mon canard, dans l'obscurité qui enveloppait les vitres du train.

– Pardon, je vois bien que je vous dérange… Mais je crois que je vous connais. Vous habitez vers Montparnasse ?

Son visage mit du temps à me revenir. Il était beau et singulier et j'avais le sentiment, en effet, de l'avoir déjà vu. Mais où ?

Bien sûr que c'était elle ! Cette fille au long manteau noir, croisée le matin même. Je tentai de le lui dire d'une voix assurée, cette voix conquérante que j'emploie pour m'adresser aux femmes.

Mais je ne pus que bégayer. Moi, bégayer… Cela ne m'était pas arrivé depuis l'adolescence. Depuis que cette bête à plumes s'était invitée dans ma vie, j'avais changé de peau, jusqu'à oublier l'homme que j'étais ce matin ! Qu'était-il advenu de mon assurance, de cette froideur de cœur et d'esprit qui faisait – croyais-je – mon charme et ma force ? Je n'étais plus qu'un être chétif. Une sorte d'oiseau très frêle, aux ailes atrophiées.

– Je sais ce que vous cachez à l'intérieur de votre panier, dit-elle. Vous n'avez pas peur que je vous dénonce ?

– Si... Mais je ne parviens pas à me méfier de vous. C'est peut-être idiot, mais j'ai l'impression que vous êtes là pour m'aider.

La jeune femme haussa les sourcils. Le train passa par une première gare sans ralentir. J'aperçus les silhouettes de quelques hommes qui faisaient de grands gestes pour tenter de l'arrêter. Des cailloux tapèrent sur la vitre. Rien d'effrayant. Le noir et le calme revinrent aussitôt. La jeune femme fixait mon panier.

Elle souleva délicatement le couvercle d'osier sans que j'ose bouger.

– Il dort, lui dis-je en chuchotant.

– C'est un joli canard. Il a l'air paisible. Où l'emmenez-vous ?

– Demain matin, si le ciel est dégagé en bord de mer, je le relâcherai.

La jeune femme laissa passer un silence.

– Vous espérez qu'il puisse atteindre la Manche... C'est cela ? Et comment êtes-vous sûr qu'il saura la trouver ? Qu'il ne reviendra pas aussitôt sur la côte ? Et puis, regardez son état… C'est à peine s'il pourra voler plus de cent mètres.

J'avais jusque-là refusé d'imaginer le pire. Mais elle avait raison. Je compris que la jeune femme se retenait de me dire autre chose. Un moment encore, et elle finit par me déclarer :

– Je m'enfuis dans la même direction. Je vais prendre un bateau pour la Nouvelle-Irlande. Demain matin, à la première heure.

– En Nouvelle-Irlande ? Mais c'est de la folie !

– Vous vous trompez… Il paraît que les Néo-Irlandais sont très accueillants. Il est vrai que les îles du sud, les Hébrides intérieures, sont surpeuplées, mais les îles extérieures, au nord, les plus petites, le sont beaucoup moins. Je prendrai le temps de les explorer toutes. Grimsay, Barra, Benbecula… J'ai vu des photos, dans un vieux magazine. Je ne sais plus sur quelle île, mais il y a une petite église blanche face à une eau turquoise et une baie de rochers noirs. Je n'ai connu que Paris, alors vous comprenez…

Je me gardai de lui demander si elle avait encore des proches ou des parents. Il n'était pas coutume de poser de telles questions à notre époque, et je craignais sa réponse. Cette jeune femme semblait détachée de tout. Cent fois plus que moi. Elle était familière de la solitude, cela ne faisait pas de doute. Je ne dis rien et continuai à l'écouter me parler des Hébrides. Et elle en parlait bien.

– On y trouve encore beaucoup de maisons vides.

Je n'aurai qu'à choisir… Une maison de pêcheur, très adaptée au froid et aux vents. Ou même, tiens, pourquoi pas une église ?

– Allons bon, une église… Et pourquoi pas un château, pendant que vous y êtes ?

– La vie ne pourra pas être pire qu'ici, dit la jeune femme d'un ton désinvolte. Je sais bien sûr que Paris va me manquer. J'ai passé toute la journée à me promener, aujourd'hui, comme pour lui dire adieu. C'était le bon jour pour cela, la plupart des rues étaient vides, et tout ça grâce à votre canard ! Demain matin, j'ai rendez-vous avec un passeur sur la plage. Il a un petit bateau de pêche. Si tout se déroule bien, nous serons à Port Ellen en deux jours. Là-bas, je trouverai un autre bateau. Et j'irai plus au nord.

– Et vous n'avez pas d'affaires ?

– Non. Même pas de papiers. Seulement ce manteau dont je ne peux me séparer. Et le peu d'argent que j'ai pris avec moi. Je voyage chaud et léger.

– Vous êtes folle.

– Vous manquez de courage ! dit-elle, piquée au vif. Le courage de partir, de se fier à l'incertain. Moi, je trouve que c'est vous qui êtes fou, avec votre histoire de canard. Vous n'auriez jamais dû vous mêler à tout cela. Vous risquez gros. La prison et même pire.

– La folie et le courage sont peut-être plus proches qu'on ne l'imagine… Vous êtes libre après tout, et je ne vous connais pas. Mais dites, est-ce que vous voudriez m'aider ?

– Vous aider ?

– Oui, en emportant ce panier avec vous. Et en libérant le canard une fois sur votre bateau. Vous pourriez faire cela pour lui ? Vous rapprocher des côtes de l'île Morte…

À ces mots, elle sursauta légèrement. Cela ne se faisait pas non plus, de demander de l'aide, surtout à une inconnue.

– Bien sûr que non, je ne peux pas ! L'île Morte… Je ne prendrai pas un tel risque pour un oiseau, et pour vous encore moins, cela va sans dire.

– Je peux vous donner de l'argent. Tout l'argent que j'ai.

– De l'argent ? Je me fiche de votre argent. Et puis les francs-neufs n'ont aucune valeur, là où je vais. Quant à ce canard, c'est votre problème. Je ne sais pas pourquoi vous vous êtes mis en tête de le sauver.

Le train passa plusieurs gares, toutes désertes.

– On approche de Granville, reprit-elle. Ne vous inquiétez pas. Les gens d'ici s'en moquent, de la Grande Chasse. Mais tenez, je veux bien faire une petite chose pour vous, je vais demander à ma cousine de vous loger vous aussi pour la nuit. Sa maison se trouve à une trentaine de kilomètres de la gare, sur la côte. Demain, vous pourrez ainsi libérer votre canard. L'année dernière, depuis chez elle, j'ai vu des vols d'oiseaux migrateurs très loin au-dessus de la mer. Avec un peu de chance, le vôtre trouvera peut-être la route, puisqu'elle semble exister. Vous avez raison, il faut garder espoir.

AU TERMINUS DU TRAIN, personne ne vint nous accueillir sur le quai. Je ne vis pas la vieille descendre. Peut-être s'était-elle endormie sur son tricot. Il faisait plus froid qu'à Paris. Devant moi, la jeune femme avançait, dans son ample manteau noir. Après trois heures de voyage, j'ignorais toujours son nom. À la sortie de la gare, une femme l'attendait, adossée à une vieille camionnette blanche. Un modèle très ancien, qui avait traversé le temps, tout comme notre train.

La cousine devait avoir mon âge. Malgré ses cheveux courts et grisonnants, il y avait une nette ressemblance entre les deux femmes.

– Salut, Léa, tu as fait bon voyage ?

– Oui. J'ai rencontré ce monsieur, qui aurait besoin d'une chambre pour la nuit…

Sans paraître surprise, elle me tendit la main et, me jaugeant du regard, se présenta.

– Je m'appelle Rose.

Sa voix était profonde et sa poignée de main assurée.

La route nous mena vers une maison égarée tout au bout d'une allée de tilleuls. Le ciel était clair. Je reconnus la Grande-Ourse. Je pensais à un vers, sans savoir d'où il me revenait :

Mon auberge était à la Grande-Ourse…

La maison était une longère de pierre, couverte de lierre, percée de trois rangées de fenêtres de tailles diverses. À son bruit, on devinait la mer en contrebas.

Sentant le canard bouger dans mon panier, je prétextai une grande fatigue pour raccourcir les échanges. Mais la cousine prenait tout son temps.

– Léa, je ne vais pas te donner ta chambre habituelle. Je m'y suis installée. J'ai laissé la mienne à mon petit « protégé » car c'est la seule qui dispose d'un piano. C'est un musicien, il est arrivé de Paris, lui aussi, il y a quinze jours déjà, et je ne sais pas pour combien de temps… Il n'a que la peau sur les os, comme vous deux, alors je le nourris du mieux que je peux. Il est ici pour travailler. Je ne le vois pas souvent, mais je l'entends. Il ne joue que la nuit. Moi, je suis insomniaque, ça ne me gêne pas.

Une musique lointaine, étouffée par les murs, arrivait jusqu'à nous. Des gammes très simples, indiquant que le musicien venait tout juste de se mettre à l'instrument. Léa m'accompagna jusqu'à ma porte, tout au bout d'un long couloir mansardé. Les murs de la chambre étaient tapissés d'un papier peint avec bergères et moutons roses.

– Elle vous a donné la pire, dit-elle en riant. Mais je vous rassure, la mienne, dc l'autre côté du couloir, est tout aussi chargée. C'est à peu près la même en bleu.

J'entrai, remerciai la jeune femme et fermai la porte. Je devais examiner l'état de mon canard.

L'oiseau tendit le cou hors du panier et en sortit pour explorer la pièce. Il allait mieux. Mais je doutais toujours de sa capacité à s'envoler. Il finit par revenir à son panier. À l'intérieur, Madame Gracia avait laissé le flacon et sa préparation à base de somnifères. Je posai le panier près de la fenêtre. Au bout d'un moment, le canard fut à nouveau endormi. Je m'assis à côté de lui.

J'observai les murs de la chambre. Mes yeux se posèrent sur chaque mouton, sur chaque bergère. Je sentais peu à peu se fermer mes paupières, quand j'entendis un bruit contre ma porte. Léa entra, dans son grand manteau noir.

– Pardon mais... le pianiste joue juste en dessous de ma chambre. Et je n'ai pas sommeil. C'est ma dernière soirée française. Voulez-vous venir avec moi faire quelques pas dans le parc ?

Nous empruntâmes une petite route qui menait à la falaise. Au large, les feux d'un phare nous éclairaient par intermittence. Une faible luminosité venait aussi des étoiles, nombreuses dans le ciel. Certaines vibraient, dansaient presque. La suite du poème, dont je m'étais souvenu en arrivant chez Rose, me revint en mémoire :

Mon auberge était à la Grande-Ourse.
Mes étoiles au ciel avaient un doux frou-frou…

– Vous n'avez pas froid ? me demanda Léa.
– Si, lui répondis-je d'une voix résignée.

Léa déboutonna son grand manteau noir et le posa sur mes épaules. Puis elle mit une main autour de mon cou. Je me tournai vers elle, à la pâle lueur du phare et des milliers d'astres morts.

JE NE PENSAIS PAS ME RETROUVER SI SEUL à mon réveil. Il n'y avait plus trace ni de Léa ni de l'oiseau. Seulement une feuille de papier arrachée à un carnet, sur la table de nuit. Mes mains tremblèrent en la dépliant. Elle portait seulement quelques mots… Sobres et décidés, à son image :

Voyage à deux. Compagnon sera lâché au ras des côtes d'Antrim.

Je me laissai tomber dans le fauteuil. Léa était partie comme une ombre. Elle jouait seule son histoire mais avait eu la bonté de prendre mon oiseau.

En bas, Rose m'attendait dans son tablier blanc. Couteau en main, elle me demanda où était sa cousine. Elle voulut la vérité, je la lui livrai telle quelle : le canard, le bateau pour l'Irlande… Rose cacha son émotion et, après m'avoir servi un bon café, me proposa de me conduire à la gare.

À l'avant de la camionnette, je ne dis pas un mot. Rentrer à Paris me semblait une aberration. Plus rien de ce qui m'attendait là-bas ne m'attirait. Tout, en revanche, m'y faisait peur.

C'est à la gare que nous avons appris la nouvelle, par l'un des cheminots venus nous expliquer pourquoi tous les trains pour Paris étaient annulés. La veille, lorsque la trace du canard avait été définitivement perdue, des émeutes s'étaient déclenchées sur les deux rives de la Seine et elles s'étaient prolongées une partie de la nuit.

Alors Rose me ramena chez elle. Là-bas, assis à la même table, nous avons écouté la radio, en compagnie du pianiste qui venait de se réveiller. Le journaliste avait repris l'antenne. Les informations qu'il donnait étaient encore assez vagues. On attendait un discours du président qui n'arrivait pas.

Dans les jours qui suivirent, on commença à dire qu'il avait quitté le pays. La voix du présentateur disparut des ondes et fut remplacée par une autre.

J'étais très bien, chez Rose. Je me régalais de sa cuisine et j'en venais même à prendre du poids. Un jour que je l'aidais à couper du bois, elle me dit, reniflant dans sa manche et essuyant son front, que si je le souhaitais, je pouvais rester définitivement chez elle. J'acceptai son offre… Elle jugea important de préciser qu'elle ne voulait pas d'homme dans sa vie. Je lui répondis que cela tombait bien, puisque je ne voulais plus de femmes dans la mienne, ce qui déclencha son rire et emporta le mien. Un vrai rire, qui venait des confins de mon âme. Cela faisait si longtemps.

NOUS N'AVONS REÇU AUCUNE NOUVELLE de Léa et en recevons de moins en moins de Paris. Le vieux poste de radio de Rose a cessé de fonctionner le mois dernier. Comme son antique camionnette, qui a rendu l'âme. On ne peut plus se rendre à la ville autrement qu'à cheval. Personne ne parle plus ni du canard ni de la chasse, comme s'ils n'avaient jamais existé. Les seules nouvelles qui me parviennent sont tirées des lettres de Madame Gracia, à qui j'ai pu communiquer mon adresse.

Madame Gracia m'écrit qu'elle cherche elle aussi à quitter la capitale, mais ne sait pas où aller. En province, peut-être. Elle a une maison au Portugal mais ne peut pas y retourner, car elle n'a pas de laissez-passer. « Là-bas non plus, de toute façon, il n'y a plus de saisons », conclut-elle. Si elle y va, elle adoptera un chien ou un chat. Peut-être les deux. Faute d'oiseaux, il paraît que le pays est envahi par d'énormes moustiques. De nouvelles espèces, noirs rayés de blanc, et qui piquent à travers les vêtements, même en pleine journée. Ces moustiques sont à l'image des hommes de notre temps : déloyaux, sans honneur.

Le pianiste est toujours là, et je crois bien qu'il s'installe lui aussi. Nous le croisons très peu. Mais je l'entends, depuis la chambre bleue, où j'ai déplacé mes affaires. Au soir, il commence à jouer. Avant-hier, Satie. Hier, j'ai cru reconnaître du Schubert.

J'ai repris l'habitude de flâner dans les livres. Celui que je feuillette ces jours-ci, trouvé dans la bibliothèque de Rose, date d'avant les *évènements*. Un livre sur l'Irlande. J'y reviens souvent, très souvent même. Je commence par la page de garde : la carte des îles Anglo-Celtiques. Je retrace la route que Léa a dû suivre jusqu'à Islay, « la reine des Hébrides », et Port Ellen, qui n'était autrefois qu'une petite bourgade, devenue aujourd'hui la capitale de l'archipel, ainsi qu'un lieu où règnent une grande pauvreté, paraît-il, et une rare violence. J'espère qu'elle ne s'y est pas trop attardée. J'essaie de compter les îles de la Nouvelle-Irlande ; elles sont nombreuses, et je me demande sur laquelle elle se trouve. Sûrement l'une des plus petites. Un de ces confettis de roche au nom imprononçable.

A-t-elle réussi à convaincre son passeur de les rapprocher de l'île Morte ? Pas seulement pour libérer le canard, mais pour la voir de plus près, cette terre de légende. Son embarcation a dû longer la route côtière.

Oui, c'est probablement là, après avoir passé la petite île de Rathlin, qu'elle a ouvert le panier de Madame Gracia et que, sous le regard hébété du marin, elle a relâché l'oiseau. « Va, lui a-t-elle murmuré. Ouvre ton aile au vent. »

Le canard n'était alors qu'à quelques lieues des côtes, qu'il a pu suivre d'instinct jusqu'à leur pointe septentrionale, vers la Chaussée des Géants... C'est peut-être là qu'il s'est installé, au moins pour un temps. Il doit être le seul canard de Challans aux alentours, et se sentir bien différent de ses congénères. D'après le livre, de nombreuses espèces dont j'apprends seulement l'existence vivent sur ces rochers. Celles-là n'avaient pas été repérées par les artistes anglais, auteurs de *L'île Morte*.

Sur place, il y a les oiseaux de passage, ces grands aventuriers qui ne restent jamais longtemps sur les falaises et ne s'y arrêtent que pour un repos mérité. Sur les rochers, jamais très loin de l'eau, je vois le brave pétrel tempête, qui lui ne risque pas de s'attarder. Il n'y a que l'océan pour intéresser vraiment ce petit oiseau frêle, noir comme la suie, qui a su dompter comme aucun autre l'hostilité de la haute mer. Moins discret que lui, je reconnais le somptueux macareux moine, sorte de perroquet des mers à l'œil triste. Après de longs mois au grand large, il vient retrouver son terrier, creusé à même les surfaces terreuses des falaises, pour y passer l'hiver et participer aux danses nuptiales du printemps. Il ne les raterait pour rien au monde. Elles se dérouleront plus bas, sur l'eau de la baie. Son bec aura, pour l'occasion, changé d'aspect et arborera des couleurs envoûtantes, presque surnaturelles.

J'ouvre la fenêtre de ma chambre. Un vent glacial et iodé y pénètre. J'entends la mer au loin. Je m'allonge sur le lit et repars vers les côtes d'Antrim. Sur les innombrables rochers de basalte, plus oisives mais pas moins remarquables, je n'ai qu'à fermer les yeux pour imaginer les colonies d'oiseaux blancs. J'ai un faible pour le fulmar boréal, qui sait à peine comment marcher et passe le gros de son temps à planer au-dessus des falaises ou à rêvasser parmi les siens, la tête entre les plumes. Un peu plus bas, les deux pattes dans l'eau, un échassier solitaire parcourt la vasière : un chevalier gambette qui cherche à se nourrir. Il est suivi de près par un petit huîtrier-pie, qui l'observe de loin d'un œil rouge, attendant sournoisement le moment opportun pour lui voler sa proie.

Voilà les nouveaux compagnons de fortune de mon canard. Il a certainement retrouvé sa vigueur. Comment est-il reçu par les autres oiseaux, lui, l'étranger ? Je suppose qu'ils ne lui prêtent guère attention. Cela doit lui convenir. Ce sanctuaire lui rappelle peut-être le paradis perdu des marais de Challans. Le climat, sans doute, lui paraît un peu moins clément, surtout en cette saison. Car n'en déplaise à Madame Gracia, il y a des saisons, encore, à l'autre bout du monde. Et l'hiver semble rude sur ces côtes ; mais d'une grande pureté. Et la lumière est claire, autant que l'eau.

Pour se protéger des vents qui viennent se fracasser contre les roches, où n'arrive à pousser qu'une herbe rase et coupante, desséchée par le sel, mon ami à plumes s'est trouvé un refuge approprié. Il s'aventure peu dans les eaux froides de la baie, privilégiant les lacs et les points d'eau des environs, un peu en retrait dans les terres.

Oui, c'est ici, à l'écart des autres, légèrement en hauteur, que je me l'imagine. Nichant presque en ermite au creux des bosquets de genêts, entre les épines et les fleurs. Sa vie de canard, je la lui souhaite longue et paisible. La vue est magnifique et, entre les genêts, il peut voir l'immense escalier de basalte qui descend de sa falaise et entre tout droit dans la mer. Au large, quelques îlots sont habités par de gros phoques gris qui passent tout le jour à dormir. Ils bougent à peine, au rythme de leur très lente respiration. D'ici, depuis la falaise, où avec mon canard, je crois pouvoir les observer, ils ressemblent à des pierres instables. Des rochers vivants.

La pierre de la Chaussée, elle aussi, est vivante. Autour de l'étrange escalier, il y a ici les vestiges d'une harpe, là ceux d'une botte, abandonnés en hâte par les Géants et depuis longtemps fossilisés. Je ne suis pas le seul à les voir. Même les auteurs de mon livre les décrivent. Je remarque également une silhouette esquissée : celle d'un taureau massif, ou plutôt d'un bison, dessinée sur la pierre. Ses cornes sont démesurément longues. Il est monumental et rien ne semble pouvoir l'atteindre. Pourtant, lui aussi est en train de courir, de fuir quelque chose. Le reste de la fresque est effacé.

Quant à l'escalier de basalte, il n'est plus qu'un pan des ruines de cette immense jetée d'autrefois, dont le but était de traverser la mer jusqu'au monde des hommes. Elle aussi fut construite par les Géants. Ils avaient dû entendre parler de notre existence, peut-être par les oiseaux, et voulaient relier notre terre à la leur. Par chance, ils n'achevèrent jamais cette passerelle de pierre et eurent la présence d'esprit, en rebroussant chemin, de détruire derrière eux leur ouvrage. Nul ne sait ce qu'ils virent exactement. Mais ils prirent la sage décision de revenir sur leurs pas. Les Géants auraient signé leur arrêt de mort en entrant en contact avec les hommes. Les hommes auraient trouvé quelque manière de les massacrer tous, avec femmes et enfants.

Mais où sont-ils passés, alors, ces grands êtres bottés ? Et pourquoi cette harpe abandonnée, comme s'ils étaient partis à la hâte ? Il y a enfin cette teinte rouge qu'ont prise, çà et là, les pierres de basalte. Les scientifiques tentent d'apporter des explications géologiques à cette coloration : elles me paraissent nébuleuses. Pour moi, ce sont des traces de sang. Je me demande si ce ne sont pas les Géants eux-mêmes qui, par peur de nous voir un jour arriver, nous les hommes, se sont percé les yeux et le cœur, pour pouvoir mourir ici, sur leur Chaussée. Mais nous n'en saurons rien. Ni vous, ni moi, ni les savants.

JE SUIS DANS MA CHAMBRE BLEUE. J'ai un peu mal à la tête. À l'étage du dessous, les gammes de piano recommencent. Dehors, le soir va tomber. L'heure est venue de prendre l'air. Pour ne pas être complètement à la charge de Rose, j'ai dû me trouver un emploi. Un éleveur de chevaux m'a pris avec lui et je l'aide de mon mieux. Je monte une vieille jument grise qu'il m'a offerte. Chaque soir, à cette heure-ci, j'emprunte avec elle le sentier côtier jusqu'à la falaise. Je regarde droit vers la mer et j'observe le soleil qui s'y glisse. Il m'arrive de me demander ce que je fais ici. Mais le plus souvent, je me sens, comme ce soir, à ma juste place.

En face, la lumière du phare supplante celle du jour. De temps à autre, je vois passer quelques oiseaux migrateurs qui s'obstinent à partir au loin, au-dessus des flots, telles des ombres. Mes tristesses les suivent, et puis mes espérances.

Partez à la rencontre de l'auteur :

Cet ouvrage
a été mis en pages par In Folio,
reproduit et achevé d'imprimer
en juin 2021
dans les ateliers de Normandie Roto Impression s.a.s.
61250 Lonrai
N° d'imprimeur : 2103075

Imprimé en France

Dépôt légal : août 2021